RUND und GESUND!

Kochbuch und Ratgeber für die Schwangerschaft

200 einfache, schnelle & leckere Rezepte für Schwangere, die mit einer gesunden Ernährung richtig essen & dabei fit bleiben möchten

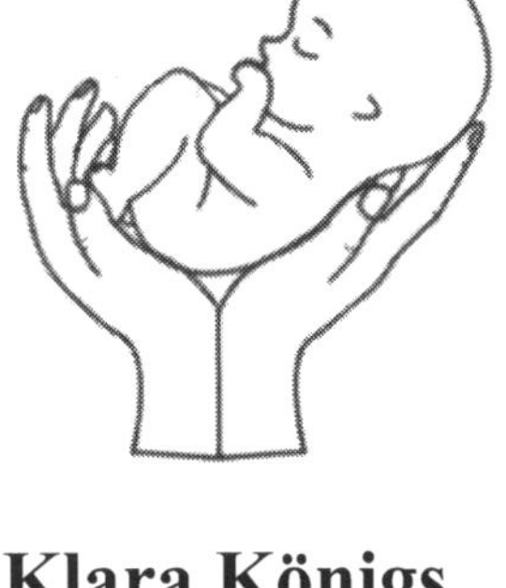

Klara Königs

Inhaltsverzeichnis

Vorwort

Meine herzlichsten Glückwünsche zur Schwangerschaft! Ob du nun das erste Mal schwanger bist oder bereits Kinder hast – in dir wächst nun ein neues, wundervolles Leben heran, das es kaum erwarten kann, die Welt dort draußen kennenzulernen. Die erfahrenen Mütter unter euch kennen bereits die vielen Veränderungen, die der Körper in den neun Monaten der Schwangerschaft durchlaufen wird. Von den anfänglichen Übelkeiten über Gliederschmerzen bis hin zu den Wehen am Ende der Schwangerschaft, aber genauso auch die vielen süßen Tritte im Bauch, jedes neue Ultraschallbild und der Moment, wenn du dein Neugeborenes endlich zum ersten Mal in den Armen hältst. All diese aufregenden Momente gilt es nun zu genießen und auszukosten.

Es beginnt eine Zeit großer Vorfreude, aber auch verbunden mit einigen Unsicherheiten. Was darf ich während der Schwangerschaft eigentlich essen? Was für Lebensmittel darf ich auf keinen Fall zu mir nehmen? Welche könnten meinem Kind sogar schaden? Welche Nährstoffe braucht mein Baby für eine gesunde Entwicklung? Dass du dir Gedanken darüber machst, wie du dich möglichst gesund ernähren kannst, ist schon einmal der richtige Weg zu den Antworten auf diese Fragen. Instinktiv weiß dein Körper bereits, was gut ist für dich und dein Ungeborenes. Zögere bei Unsicherheiten oder Beschwerden nicht, deinen Arzt um Rat zu fragen.

Auf einige deiner Fragen liefert dir dieses Buch bereits Antworten. Achte auf eine gesunde, ausgewogene Ernährung sowie auch auf regelmäßige Bewegung während der neun Schwangerschaftsmonate. Vermeide dabei unnötigen Stress und mache auch jede deiner Mahlzeiten zu einem Genuss. Nimm dir ruhig die Zeit, mit deinen Kochkünsten zu experimentieren. Dabei helfen dir unterschiedliche Rezepte aus diesem Buch – von leckerem Brot, Müsli, Pfannkuchen oder Omelett am Morgen über verschiedenste Hauptmahlzeiten, wie Suppen, Fisch-, Fleisch- oder Kartoffelgerichten bis hin zu leckeren Desserts, Smoothies und leichten Zwischenmahlzeiten. Suche dir einfach je nach Lust, Laune und Hunger unterschiedliche Rezepte heraus und koche sie nach.

Ich wünsche dir einen guten Appetit und viel Spaß beim Lesen!

Kapitel I – Ratgeber

Gesunde und ausgewogene Ernährung

Mit einer Schwangerschaft beginnt ein neuer Lebensabschnitt, der viele Glücksmomente, Höhen und Tiefen mit sich bringt. In deinem Bauch entsteht ein völlig neues Leben, das es bestmöglich zu beschützen und versorgen gilt. In dieser Zeit ist dein Körper ständiger Veränderung unterworfen, sowohl körperlich als auch hormonell. Damit sich dein Ungeborenes optimal entwickeln kann, steht eine gesunde und ausgewogene Ernährung an erster Stelle. Bewegung und Stressvermeidung gehen mit einer gesunden Ernährung einher, damit es dir und deinem Kind rundum gut geht. Mit ein paar Tipps lassen sich unangenehme Begleiterscheinungen wie Übelkeit oder Heißhungerattacken vorbeugen, damit du die besondere und aufregende Zeit intensiv genießen kannst.

Ernährung des Babys an erster Stelle

Insbesondere die erste Schwangerschaft sorgt bei vielen Frauen zunächst für Unsicherheit und Verwirrung. Was darf ich essen? Gibt es Lebensmittel, die eine Gefahr für mein Kind darstellen? Wie kann ich die Gesundheit meines Kindes fördern?

Allgemein gilt: Du kannst fast alles essen, was unter den Begriff „gesunde Ernährung“ fällt. Dein Körper ist von Natur aus darauf ausgerichtet, intuitiv zu wissen, was gut für ihn ist und was er braucht. Obst, Gemüse, Vollkornprodukte und Hülsenfrüchte stellen eine gute Basis dar, mit der du nichts falsch machen kannst. Alles was du zu dir nimmst, gelangt über die Nabelschnur direkt zu deinem Baby, weswegen es gerade jetzt wichtig ist, ausreichend Vitamine und Nährstoffe über die Nahrung aufzunehmen. Deine Ernährung in der Schwangerschaft legt den Grundstein für die Gesundheit deines Ungeborenen. Denke immer daran, dass du jetzt nicht mehr nur für dich isst, sondern die Verantwortung für ein weiteres Lebewesen trägst, das auf dich angewiesen ist. Aber nicht nur dein Kind benötigt wertvolle Nährstoffe, auch dein Körper muss Höchstleistungen erbringen. Mit einer gesunden Ernährung kannst du ihn dabei unterstützen, euch zwei gesund durch die Schwangerschaft zu begleiten. Je besser du dich fühlst und ernährst, desto positiver wirkt sich das auch auf die Kindesentwicklung aus.

Doppelt so viel essen? Lieber doppelt so gut essen!

Lange Zeit dachte man, dass schwangere Frauen doppelt so viel essen müssten, um das Ungeborene ausreichend versorgen zu können. Viel wichtiger ist es jedoch, doppelt so gut zu essen. Der Mehrbedarf an Kalorien hängt zwar davon ab, wie die ursprüngliche Verfassung des Körpers ist. Im Normalfall jedoch beträgt er in den Monaten 4, 5 und 6 gerade einmal circa 250 Kalorien am Tag und in den letzten Monaten nochmal circa 250 Kalorien mehr. Doch viel wichtiger ist es, auf eine ausreichende Vitamin- und Nährstoffversorgung zu achten. Dadurch sinkt nicht nur das Risiko für Komplikationen während der Schwangerschaft, du verhilfst deinem Baby auch zu einem guten Start ins Leben.

Qualität statt Quantität

Die Gesundheit und Entwicklung deines Kindes werden maßgeblich von deiner Ernährung beeinflusst – gerade jetzt ist es deswegen wichtiger als je zuvor, auf eine qualitativ hochwertige Ernährung zu achten. Die benötigte Menge an Energie ist vor und während der Schwangerschaft nahezu gleichbleibend, da mit zunehmendem Bauchumfang die körperliche Beanspruchung abnimmt. Du kannst dein normales Essverhalten somit ohne Bedenken beibehalten. Was ansteigt ist weniger die Portionsgröße, sondern eher der Bedarf an Nährstoffen. Bis auf Folsäure und Jod können alle benötigten Mineralien und Vitamine in ausreichenden Mengen über die Nahrung aufgenommen werden. Die Basis einer gesunden und ausgewogenen Ernährung bilden Obst, Gemüse und Vollkornprodukte. Ergänzend können fettarme, tierische Produkte, wie Fleisch oder Milch, in geringen Portionen in den Speiseplan integriert werden. Lebensmittel mit einem hohen Anteil an Zucker oder gesättigten Fetten dagegen solltest du größtenteils meiden, da sie Entzündungen fördern und Herzerkrankungen hervorrufen. Statt beispielsweise zu Butter oder Sonnenblumenöl zu greifen, stellen pflanzliche Fette aus Oliven oder Raps gesündere Alternativen da.

Einen Großteil der täglich benötigten Lebensmittel macht Flüssigkeit in Form von Wasser, Tee oder verdünnten Säften aus. Direkt im Anschluss kommen Obst, Gemüse und Hülsenfrüchte. Sie versorgen dich und dein Kind mit wertvollen Inhaltsstoffen, die euch gesund halten. Zu Hülsenfrüchten zählen unter anderem Kichererbsen und Linsen, die einen idealen Lieferanten für Proteine, Eisen und Ballaststoffe darstellen. Kartoffeln, Reis, Nudeln, Getreide und Vollkornprodukte bilden eine weitere wichtige Säule in der Ernährungspyramide. Sie versorgen dich mit Energie und halten lange satt. Achte darauf, dass du deine Mahlzeiten möglichst frisch zubereitest und nur in Ausnahmefällen auf Fastfood oder verarbeitete Produkte zurückgreifst. Wie bei allem gilt auch hier die Devise: Die Menge macht's. Natürlich ist auch ein Stück Schokolade oder der ein oder andere Snack erlaubt. Wichtig ist nur, dass du auf eine ausgewogene Ernährung achtest.

In den meisten Fällen ist keine große Umstellung der Essgewohnheiten notwendig. Du kannst weitestgehend deinem intuitiven Hungergefühl vertrauen. In den ersten Wochen der Schwangerschaft ist die Gewichtszunahme nur minimal. Einige Frauen nehmen sogar, bedingt durch die Übelkeit, ein paar Kilo ab. Gegen Ende der Schwangerschaft tragen das eingelagerte Wasser im Körper, sowie das Fruchtwasser einen großen Teil zur Gewichtszunahme bei. Aus medizinischer Sicht gibt es keinen allgemeingültigen Wert für eine „normale" Zunahme, da jeder Körper unterschiedlich ist. Zierliche Frauen nehmen relativ gesehen mehr zu als Schwangere, die bereits vorher übergewichtig waren. Laut dem Body-Maß-Index sollte die Gewichtszunahme in der Schwangerschaft bei Normalgewicht zwischen 11,5 und 16 Kilo betragen. Bei einem Untergewicht liegt die Gewichtszunahme zwischen 12,5 – 18 Kilogramm, übergewichtige Frauen nehmen dagegen durchschnittlich nur 5 – 9 Kilo zu. Diese Werte gelten jedoch nur als grober Richtwert und können von Frau zu Frau unterschiedlich ausfallen.

Ernährungskreis

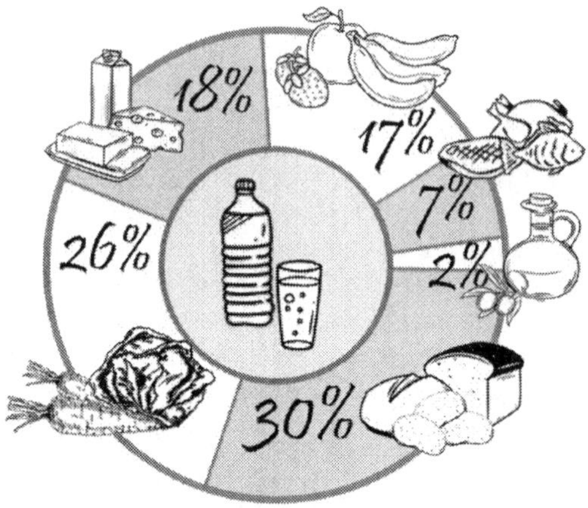

Darstellen lässt sich das optimale Verhältnis der verschiedenen Lebensmittel in einem von der DGE (Deutsche Gesellschaft für Ernährung) entwickelten Ernährungskreis. Dieser ist eingeteilt in unterschiedlich große Abschnitte, die zwei Größten werden gebildet durch Obst und Gemüse, sowie Getreide. Letzteres steckt voller Ballaststoffe und wirkt sich positiv auf Heißhunger aus. Du findest Getreide in Vollkornbrot, Hirse, Buchweizen, Vollkornnudeln, Reis, Quinoa und vielem mehr. Obst und Gemüse enthalten viele wertvolle Antioxidantien und Vitaminen. Antioxidantien neutralisieren freie Radikale in deinem Körper und schützen somit deine gesunden Körperzellen und die deines Babys. Hier gilt: Je bunter dein Teller, desto besser. Smoothies eignen sich optimal, um eine große Portion Obst und Gemüse zu dir zu nehmen. Kalzium wird benötigt für einen stabilen Knochenbau des heranwachsenden Babys. Enthalten ist es unter anderem in Milchprodukten, diese sollten bestenfalls fettarm sein. Tierische Produkte wie Eier, Fleisch und Fisch stecken voller Eiweiße, die essenziell für die Zell- und Gewebebildung sind. Besonders Lachs und Hering enthalten viel Omega-3, das für die gesunde Entwicklung deines Ungeborenen wichtig ist. Empfohlen werden zwei Fisch-Mahlzeiten wöchentlich. Im Gegensatz dazu sollten rote Fleischsorten wie Schwein, Rind oder Lamm nur einen kleinen Teil deines Speiseplans ausmachen. Sie enthalten viele gesättigte Fette und Cholesterin, wodurch sie sich negativ auf die Herzgesundheit auswirken. Hühner- oder Putenfleisch stellen eine bessere Alternative dar. Gesunde Fette stecken in großen Mengen in pflanzlichen Ölen oder Nüssen. Im Gegensatz zu Oliven-, Raps-, oder Leinöl, solltest du auf Sonnenblumenöl oder Schmalz lieber verzichten. Aus pasteurisierter Milch hergestellte Butter kannst du bedenkenlos konsumieren, da sie wichtige Inhaltsstoffe enthält. Aufgrund des hohen Fettgehalts solltest du Butter dennoch nur in Maßen genießen. Für den kleinen Hunger zwischendurch eignen sich Wal-, oder Paranüsse optimal, da sie voller gesunder Fette stecken. Süßigkeiten, sowie mehl- und fetthaltige Lebensmittel solltest du weitestgehend meiden.

Viel trinken!

Empfohlen wird, in der Schwangerschaft täglich zwei bis drei Liter Flüssigkeit zu sich zu nehmen. Die Untergrenze von 1,5 Litern solltest du auf keinen Fall unterschreiten. Da jeder Mensch ein individuelles Bedürfnis nach Wasser hat, solltest du auf deinen Körper hören. Erfahrungswerte zeigen jedoch, dass das Verlangen nach Flüssigkeit während der Schwangerschaft erhöht ist, weshalb du unterwegs stets etwas zu trinken bei dir haben solltest. Erklären lässt sich der erhöhte Wasserbedarf wie folgt: Im Laufe der Schwangerschaft ist dein Blutvolumen um zwei Liter erhöht, das zu 90% aus Wasser besteht. Es dient zum Sauerstofftransport und versorgt die Plazenta mit Nährstoffen. Die Flüssigkeit in deiner Fruchtblase wird ständig erneuert, zudem sorgen Schwitzen und Erbrechen zum Verlust von Nährstoffen und Flüssigkeit. Kreislaufprobleme und Verstopfungen können durch eine ausreichende Flüssigkeitszufuhr vermieden werden.

Zeitgleich nimmst du beim Trinken von Wasser wichtige Mineralstoffe auf, Angaben dazu findest du auf dem Flaschenetikett. Kalzium, Magnesium und Eisen sind für dich und dein Kind von besonderer Bedeutung. So unterstützt Kalzium beispielsweise die Bildung starker Knochen. Um zu früh einsetzende Wehen zu vermeiden, solltest du auf eine ausreichende Zufuhr von Magnesium achten. Täglich solltest du etwa 300-400 mg davon zu dir nehmen. Wie oben bereits erwähnt besteht in der Schwangerschaft ein erhöhtes Blutvolumen, welches sich mithilfe von Eisen im Wasser anreichern lässt. Verzichten solltest du allerdings auf Wasser, das mehr als 20 mg Natrium pro Liter enthält, um Bluthochdruck und Wassereinlagerungen zu verhindern.

Prinzipiell kannst du sowohl Leitungswasser wie auch Mineralwasser mit und ohne Kohlensäure aus der Flasche trinken. Stilles Wasser ist schonend und die beste Wahl, wenn du zu Sodbrennen oder Blähungen neigst. Viel wichtiger sind die enthaltenen Mineralstoffe. Leitungswasser zählt in Deutschland zu den am strengsten kontrollierten Lebensmittel. Sauberes Wasser wird von den Wasserwerken bis an die Haustür geliefert. Zu Verunreinigungen kann es nur durch die eigenen Wasserleitungen kommen. Hier lohnt es sich, die Wasserqualität auf Legionellen oder andere Bakterien untersuchen zu lassen.

Wem pures Wasser zu fade ist, kann es mit einer kleinen Menge Fruchtsaft mischen. Achte jedoch darauf, dass hier kein Zucker hinzugefügt wurden. Auch Kaffee ist in kleinen Mengen erlaubt. Übermäßiger Konsum von Schwarz- oder Grüntee, sowie Cola sollte wegen der stimulierenden Wirkung auf das Nervensystem des Kindes jedoch vermieden werden. Bis zu drei Kaffeetassen gelten zwar als unbedenklich, sorgen allerdings für eine verminderte Nährstoffaufnahme. Unabhängig von einer Schwangerschaft solltest du Light- und Zero-Getränke nur eingeschränkt zu dir nehmen oder sogar ganz vermeiden. Das Gleiche gilt für Energy- und Softdrinks.

Früchte-, Kamillen-, Pfefferminz-, Fenchel- oder auch Hagebuttentee wirken sich nicht nur positiv auf dein Wohlbefinden aus, sie sorgen auch für Abwechslung und Geschmack. Hierbei empfiehlt es sich, auf qualitativ hochwertige Produkte zu setzen und zwischen den Sorten abzuwechseln. Eisen- und Johanniskraut, sowie Süßholzwurzel solltest du während der Schwangerschaft nicht konsumieren. Einige davon können verfrüht Wehen auslösen oder sich negativ auf die Kindesentwicklung auswirken.

Gesunder Genuss

Eine Gewichtszunahme ist während der Schwangerschaft ganz normal. Übergewicht kann jedoch Schwangerschaftsdiabetes verursachen oder eine Frühgeburt begünstigen. Nach den ersten drei Monaten werden durchschnittlich 200-300 Kalorien mehr benötigt als vor der Schwangerschaft. Der Bedarf steigt während der Stillzeit sogar bis auf 500 zusätzlich benötigte Kalorien täglich an. Achte deswegen auf qualitativ hochwertige Produkte, die dir wertvolle Nährstoffe liefern.

Viele zucker- oder fetthaltige Lebensmittel lassen sich ganz einfach durch eine gesündere Alternative ersetzen. Gelegentliches Genießen hilft dir sogar dabei, Heißhunger vorzubeugen. Milcheis lässt sich beispielsweise ganz einfach durch Sorbet ersetzen. Das Fruchteis lässt sich mit wenigen Handgriffen zu Hause selbst zubereiten. Püriere dein Lieblingsobst und ab damit in den Gefrierschrank. Auch geschnittenes Obst kann das Verlangen nach etwas Süßem stillen, gleichzeitig versorgt es dich und das Ungeborene mit wertvollen Vitaminen und Nährstoffen. Außerdem kann durch Einfrieren und anschließendem Mixen von Bananen eine ähnliche Konsistenz wie Milcheis herstellen – hier kann mit zusätzlichen Zutaten, wie z.B. Erdbeeren oder Himbeeren, ein sehr leckeres Eis entstehen. Wer Lust auf Schokolade verspürt, greift am besten zur dunklen Variante. Je höher der Kakaoanateil, desto gesünder. Zartbitterschokolade enthält weniger Zucker, gleichzeitig neutralisieren die sich darin befindenden Antioxidantien freie Radikale in deinem Körper. Ein weiterer Geheimtrick, wenn es um Heißhunger geht, sind Datteln. Sie enthalten eine natürliche Süße und liefern wertvolle Ballaststoffe. Verarbeiten lassen sie sich auch ideal als Zuckerersatz in Desserts, die dadurch gesünder und trotzdem genauso lecker sind.

Worauf verzichten? Was ist sogar tabu?

Prinzipiell gilt, dass du während der Schwangerschaft fast alles essen darfst. Allerdings gibt es ein paar Lebensmittel, die zwar für Erwachsene unbedenklich sind, beim Baby jedoch Komplikationen auftreten können. An oberster Stelle steht der Verzicht auf Alkohol und Tabak, um das Baby vor schweren Schädigungen und Fehlbildungen zu schützen. Über die Nabelschnur gelangt der Alkohol direkt zum Kind und beeinträchtigt dessen Entwicklung. Die Organe des Ungeborenen sowie das Gehirn leiden erheblich unter den Folgen von Alkoholkonsum während der Schwangerschaft.

Damit sich dein Ungeborenes gut entwickeln kann, gilt es, auf rohes Fleisch, unverarbeiteten Fisch und Rohmilch zu verzichten. Grund dafür ist, dass die enthaltenen sogenannten Listerien-Bakterien Infektionskrankheiten verursachen können. Verwendet wird Rohmilch unter anderem in Rohmilch-Käse wie Gorgonzola, Camembert Brie oder andere Weichkäsesorten. Bereits geriebener Käse gilt ebenfalls als anfällig für die Bakterien und sollte deshalb eigenhändig zu Hause gerieben werden. Außerdem solltest du die Rinde bei Käse entfernen, da sich auch dort bevorzugt Listerien sammeln. Milchprodukte aus erhitzter und pasteurisierter Milch können ohne Bedenken verzehrt werden, dazu zählt unter anderem Schnittkäse oder Feta (pasteurisiert und ohne Rinde). Alle Milchprodukte, die Rohmilch enthalten, müssen entsprechend gekennzeichnet sein.

Fleisch und Fisch muss immer komplett durchgegart werden. Unverarbeitete, tierische Produkte wie Teewurst, Salami, Mett, Sushi, Muscheln, Räucherlachs oder Rohschinken stehen während der Schwangerschaft auf der roten Liste und dürfen nicht gegessen werden. Da Fischarten wie Merlin oder Thunfisch mit Quecksilber belastet sein können, gehören sie ebenfalls zu den „verbotenen" Lebensmitteln. Als unbedenklich gilt Brühwurst (z.B. Wiener Würstchen oder Bockwurst), Kochschinken und Kochwurst (z.B. Presswurst), doch aufgrund von Fetten und Cholesterin nur in Maßen.

So wichtig die enthaltenen Nährstoffe in Speisefisch auch sind, so wichtig ist auch hier die korrekte Zubereitung. Von rohem Fisch, wie er in Sushi, oder Fisch-Carpaccio vorkommt, sowie rohen Meeresfrüchten oder Räucherlachs solltest du besser die Finger lassen. Stattdessen eignen sich gekochte oder gebratene Fischsorten wie Lachs, Makrele oder Hering. Zweimal wöchentlich solltest du Fisch zu dir nehmen, da er dich und dein Kind mit wertvollen Omega-3-Fettsäuren versorgt. Omega-3 kommt auch in pflanzlichen Lebensmitteln wie beispielsweise Leinsamen, Hanföl oder Walnüssen vor und stellt eine gesündere und nachhaltigere Alternative zu tierischen Fettquellen dar. Die Fettsäure wirkt sich positiv auf das Herz-Kreislauf-System aus und ist für ein intaktes Immun- und Nervensystem verantwortlich.

Eine wichtige Rolle bei der Entwicklung der Lunge sowie dem Wachstum und der Zellteilung spielt Vitamin A. Da eine Überdosierung jedoch zur Gefahr für das Ungeborene werden kann, sollte in den ersten drei Monaten keine Leber gegessen werden. Bereits mehrere Wochen vor einer geplanten Schwangerschaft wird davon abgeraten, Leber zu verzehren. Auch Karotten, Milch, oder grünes Blattgemüse enthalten Vitamin A – allerdings sind diese Lebensmittel unkritisch.

Schwarztee, Grüntee, Kaffee und sogar Kakao enthalten Koffein, was in übermäßigen Mengen zu einem Untergewicht des Kindes führen kann. Die tägliche Menge an Kaffee sollte drei Tassen nicht überschreiten, um kein Gesundheitsrisiko einzugehen. Komplett verzichten solltest du auf Energy-Drinks, da hier ein stark konzentrierter Koffeingehalt vorliegt. Zudem stecken sie meist voller Zucker. Das in einigen Limonaden wie Bitter Lemon oder Tonicwater enthaltende Chinin kann in großen Mengen bereits beim Ungeborenen Entzugserscheinungen verursachen. Gelegentliche Ausnahmen stellen jedoch keine Gefahr da. Für eine ausreichende und gesunde Flüssigkeitszufuhr sorgen Wasser, Tee, oder verdünnte Fruchtsäfte.

Bakterien auf der Oberfläche von Obst, Gemüse und Fleisch sind eine weitere Gefahr für das Kind. Empfohlen wird deshalb, Lebensmittel vor dem Verzehr gut abzuwaschen und verwendete Küchengeräte nach dem Gebrauch ordentlich zu säubern. Bereits fertig geschnittene Salate und Obstmischungen aus dem Supermarkt bieten einen fruchtbaren Boden für Keime, weswegen sie stets eigenhändig zubereitet werden sollten. Achte bitte unbedingt auch darauf, alle verwendeten Zutaten aus den folgenden Rezepten vor der Zubereitung gründlich zu waschen, um mögliche Bakterien zu beseitigen.

Salmonellen stellen eine Gefahr für Mutter und Kind dar, weswegen Gerichte, die rohe und weichgekochte Eier enthalten, tabu sind. Darunter fallen Tiramisu, Mousse au Chocolat, Remoulade, Mayonnaise oder Baiser, sowie roher Kuchenteig. In gekochtem Zustand kannst du Eier ohne Bedenken essen.

Da es bei der Verarbeitung von Mohn zu Verunreinigungen kommen kann, sollte die Menge an Mohn während der Schwangerschaft möglichst gering gehalten werden. Speisen, die Mohn enthalten, können trotz intensiver Reinigung einen kritischen Gehalt an Morphin aufweisen. Da in Mohnkuchen meist industriell hergestellter Mohn steckt, besteht hierbei kein Gesundheitsrisiko. Auch die tägliche Dosis an Lakritz sollte eine Menge von 100 mg nicht überschreiten. Begründen lässt sich das wie folgt: Große Mengen des enthaltenen Glycyrrhizin verursachen Bluthochdruck und wirken sich im weiteren Verlauf negativ auf die Konzentrationsfähigkeit des Ungeborenen aus.

Achte außerdem darauf, nicht zu viel Zucker aufzunehmen. Oftmals versteckt er sich nicht nur in Keksen oder Schokolade, sondern auch in Produkten, die auf den ersten Blick gesund erscheinen, wie fertige Smoothies oder Fruchtsäfte. Schwangerschaftsdiabetes kann als Folge von übermäßigem Zuckerkonsum auftreten, zum anderen steigt damit das Risiko von Fettleibigkeit beim Kind zu einem späteren Zeitpunkt.

Vegane / vegetarische Ernährung

Wer sich aufgrund von ethischen, gesundheitlichen oder umweltbedingten Gründen für eine vegetarische oder vegane Ernährung entscheidet, kann das auch während der Schwangerschaft beibehalten. Egal um welche Ernährungsform es sich handelt, muss auf eine ausreichende Nährstoffzufuhr geachtet werden. Inhaltsstoffe, die der Körper normalerweise in Form von Milch- und Fleischprodukten enthält, müssen bei einer pflanzlichen Lebensweise auf anderem Wege aufgenommen werden. Da der vegane oder vegetarische Speiseplan ohnehin mehr Obst, Gemüse, Getreide und Hülsenfrüchte enthält, liegt selten ein Mangel an Vitaminen oder Ballaststoffen vor.

In der Schwangerschaft steigt der Bedarf an Jod, Eisen, Folsäure, Zink und Kalzium. Da es kaum möglich ist, den Bedarf an Eisen über die Nahrung einzunehmen, egal um welche Ernährungsform es sich handelt, solltest du es während der Schwangerschaft supplementieren. Empfohlen werden 30 mg täglich. Zu finden ist Eisen unter anderem in Haferflocken, Linsen, Brokkoli, Spinat, Kürbiskernen, Fisch oder Tahin. In Kombination mit Vitamin C kann es der Körper besser aufnehmen. Zum Kochen kannst du jodiertes Meersalz verwenden, um so den Bedarf nebenbei besser decken zu können.

Vitamin B12 kommt ausschließlich in tierischen Produkten vor, sollte aber unabhängig von einer Schwangerschaft von Veganern eingenommen werden. Ein Mangel wirkt sich negativ auf die neurologischen Fähigkeiten aus, weswegen B12 supplementiert werden sollte.

Auch Omega-3-Fettsäuren werden vom Körper nicht selbst hergestellt. Größtenteils sind sie in tierischen Lebensmitteln wie Fisch zu finden, doch auch Walnüsse, Chia- und Leinsamen versorgen den Körper optimal. Chia Samen lassen sich in Smoothies verarbeiten und Leinsamen kannst du in Form von Öl zum Kochen verwenden. Ein Löffel von dem Öl enthält bereits die vierfache Menge des täglich benötigten Omega-3-Bedarfs. Selbst Wildreis, Avocado, Rapsöl oder Tofu dienen als gesunde Fettquelle.

Proteine stellen bei einer vegetarischen und veganen Ernährung kein Problem dar. Sie stecken in Hülsenfrüchten, Nüssen, Tofu, grünem Blattgemüse, Quinoa und vielen weiteren pflanzlichen Produkten. Besonders im zweiten Drittel der Schwangerschaft ist der Bedarf an Eiweiß erhöht, um neues Gewebe für das Ungeborene und die Plazenta zu bilden.

Selen übernimmt wichtige Aufgaben im Körper. So ist es essenziell für die Produktion von Schilddrüsenhormonen und ein intaktes Immunsystem. Mischköstler erhalten das Spurenelement über tierische Produkte. Die Böden in Europa sind äußerst selenarm, weswegen auch Tiere Selen verabreicht bekommen. Doch auch auf pflanzlicher Basis gibt es einige Quellen: Kein anderes Lebensmittel enthält mehr Selen als Paranüsse.

Um eine Mangelernährung zu vermeiden, sollte der Arzt ein Auge auf die Nährstoffversorgung haben. Wie jede andere Ernährungsform, sollten Veganer und Vegetarier ihre Mahlzeiten bewusst planen, um eine optimale Versorgung mit allen wichtigen Inhaltsstoffen sicher zu stellen. Auf welche Nährstoffe du besonders achten solltest und wozu dein Körper und der deines Babys sie benötigt, erfährst du im nächsten Kapitel.

Wichtige Nährstoffe

Ob eine Schwangerschaft besteht oder nicht – Vitamine und Nährstoffe sind wichtig für deinen Körper. Da du mit deiner Ernährung jetzt allerdings nicht nur dich, sondern auch dein Baby versorgst, gibt es ein paar Dinge zu beachten. Grundsätzlich gilt: Bis auf Folsäure und Jod erhält dein Körper und der deines Kindes bei einer ausgewogenen Ernährung alle wichtigen Nährstoffe.

Vitamine

Besonders in den ersten drei Monaten solltest du ein wachsames Auge auf deinen Vitamin-Haushalt haben. Bereits vor der geplanten Schwangerschaft ist eine Supplementierung von Folsäure sinnvoll. Das B-Vitamin sorgt für eine optimale Entwicklung des Ungeborenen. Da die Aufnahme über die alltäglichen Nahrungsmittel nicht ausreichend ist, solltest du Folsäure auch unbedingt während der Schwangerschaft weiter zu dir nehmen. Geringe Mengen davon befinden sich ebenfalls in Hülsenfrüchten, Blattgemüse, Brokkoli, Vollkornprodukten oder auch Kartoffeln. Bei Vegetariern und Veganern sollte zusätzlich auf eine ausreichende Versorgung insbesondere von Zink, Eisen und Vitamin B12 geachtet werden.

Vermeiden solltest du Lebensmittel, die eine große Menge Vitamin A enthalten, da sie dem Ungeborenen schaden. Empfohlen wird deshalb, Kalbsleber bereits vor der Schwangerschaft aus dem Speiseplan zu streichen. Produkte wie Karotten oder Milch kannst du ohne Bedenken verzehren, hierbei besteht kein Risiko.

Eisenmangel besteht nicht selten bereits vor einer Schwangerschaft. Um die Plazenta und das Kind versorgen zu können, steigt der Bedarf an Eisen um das Doppelte an. Bemerkbar macht sich eine Unterversorgung mit Müdigkeit und vermehrt auftretenden Infekten. Frühgeburten können die Folge eines Eisenmangels sein. Der erhöhte Bedarf kann jedoch ohne Probleme über die Nahrung abgedeckt werden: Fisch, Spinat, Brokkoli, Haferflocken, Vollkornprodukte und Fleisch enthalten das Spurenelement, das Sauerstoff im Blut transportiert. Tipp: Um Eisen besser aufnehmen zu können, ist Vitamin C notwendig, welches beispielsweise in Orangensaft, Kiwi, oder Paprika zu finden ist. Im Gegensatz dazu sorgen Schwarz- oder Grüntee, sowie Kaffee für eine verminderte Aufnahme und sollten deswegen nur in sehr geringen Mengen aufgenommen werden. Die hohe Belastung deines Körpers ist ein weiterer Grund, um auf deine Versorgung mit Vitamin C zu achten. Liegt ein Mangel vor, kann dein Immunsystem dich nicht zuverlässig vor Bedrohungen, wie etwa Bakterien, schützen und Infekte haben ein leichtes Spiel.

Ein kleiner Spaziergang in der Mittagssonne reicht bereits aus, um für einen gesunden Vitamin D-Haushalt zu sorgen. Gebildet wird es durch die Sonneneinstrahlung in der Haut und sorgt für stabile Knochen deines Kindes. Bereits wenige Minuten reichen aus. Wer sich länger als zehn Minuten in der Sonne aufhält, sollte auf ausreichenden Sonnenschutz nicht verzichten.

Obst und Gemüse stecken voller wertvoller Vitamine. Um maximal von deren Inhaltstoffen zu profitieren, empfiehlt sich eine möglichst schonende Zubereitung. Solltest du Bedenken oder Fragen haben was deinen Vitamin-Haushalt angeht, wende dich am besten an einen Arzt. Vitamintabletten sind mit Vorsicht zu genießen und sollten nur in Rücksprache mit deinem Arzt eingenommen werden.

Mineralien

Damit die Stoffwechselprozesse in deinem Körper einwandfrei ablaufen können, ist Jod von großer Bedeutung. Ein Mangel gefährdet Mutter und Kind. Eine daraus resultierende Schilddrüsenunterversorgung kann Leistungseinbrüche mit sich bringen und das Ungeborene in seiner neurologischen Entwicklung beeinträchtigen. Spinat, Fisch und Milchprodukte versorgen deinen Körper mit dem wichtigen Nährstoff. Wöchentlich werden zwei Mahlzeiten empfohlen, die Fisch enthalten. Besonders geeignet dafür sind Schellfisch, Kabeljau, oder Seelachs. Abgeraten wird Schwangeren von Algen, da diese leicht verunreinigen können. Zum Kochen kannst du jodiertes Speisesalz verwenden, jedoch ist es ratsam, Jod bereits von Beginn an zu supplementieren, da der tägliche Bedarf von 230 µg während der Schwangerschaft nur schwer über die Ernährung abgedeckt werden kann.

Kalzium ist für das Knochenwachstum des Ungeborenen von besonderer Bedeutung. In den ersten Wochen der Schwangerschaft gilt es deshalb vermehrt auf kalziumhaltige Lebensmittel wie Brokkoli, Grünkohl, Hülsenfrüchte, Soja oder Milchprodukte zu setzen.

Fettsäuren

Damit sich Augen und Gehirn gut entwickeln können, ist eine ausreichende Versorgung mit Omega-3 über die Nahrung sehr wichtig. Entzündungen, sowie Frühgeburten stehen im Zusammenhang mit einem Mangel an den Fettsäuren. Allgemein solltest du darauf achten, mehr pflanzliche als tierische Fette aufzunehmen, da diese Herzerkrankungen verursachen und für einen hohen Cholesterinspiegel sorgen. Ungesättigte Fettsäuren, die das Herz unterstützen befinden sich in Raps- oder kaltgepresstem Olivenöl, Walnüssen, Avocado und Leinsamen. Um den Omega-3-Haushalt aufrecht zu erhalten, eignen sich besonders gut fischhaltige Mahlzeiten, die aus Hering, Lachs, oder Makrele bestehen. Alternativ decken auch Fischölkapseln den täglichen Bedarf an Omega-3 ab. Meiden solltest du große Mengen an gesättigten tierischen Fetten, wie sie hauptsächlich in Wurst oder Milchprodukten vorkommen. Greife stattdessen lieber zu fettarmem Geflügel und ersetze Butter durch pflanzliche Margarine. Da Süßigkeiten und Snacks ebenfalls viele ungesunde gesättigte Fette enthalten, sollten sie grundsätzlich nur in kleinen Mengen gegessen werden.

„Superfoods“?

Als Superfoods werden solche Lebensmittel bezeichnet, die eine hohe Dichte an Mineralien und Vitaminen aufweisen. Gerade in der Schwangerschaft solltest du reichlich davon zu dir nehmen. Wie du gleich sehen wirst, müssen Superfoods nicht immer ausgefallen sein, wie etwa Chia Samen oder Baobab. Es gibt kaum ein effektiveres Superfood als Beeren. Besonders Blaubeeren sind ideal für Schwangere, da sie dich mit Folsäure, Vitamin C und einer großen Menge Antioxidantien versorgen. Antioxidantien schützen deine gesunden Körperzellen, indem sie freie Radikale neutralisieren und somit sogar Krebs und Alzheimer vorbeugen können. Auch grünes Gemüse wie Spinat oder Grünkohl gilt als reines Superfood. Das enthaltene Vitamin A im Grünkohl unterstützt die Entwicklung der Lunge deines Kindes. Ein absolutes Muss, wenn es um Superfoods geht: Brokkoli und Mangold. Das regionale Gemüse versorgt dich mit einer großen Portion Folsäure, einer Reihe wichtiger Nährstoffe und weist nebenbei eine entzündungshemmende Wirkung auf. Ein einfacher Weg, um das grüne Gemüse in deinen Speiseplan aufzunehmen, sind Smoothies. Die in der Schwangerschaft besonders wichtigen Omega-3-Fette stecken in großen Mengen in Chia-Samen. Das Gehirn deines Ungeborenen ist während der Entwicklung auf eine ausreichende Versorgung der Fettsäure angewiesen. Eine ganz ähnliche Wirkung haben Leinsamen. Auch diese lassen sich ganz einfach unter das Müsli oder den Joghurt mischen. Schwarze Johannisbeeren sind die regionale Version der Goji-Beere aus Tibet. Das heimische Anti-Aging-Superfood überzeugt in erster Linie mit seinem überdurchschnittlichen Vitamingehalt.

Perfekte Lieferanten für Folsäure und Eisen stellen auch Hülsenfrüchte dar. Zudem sind sie voller Ballaststoffe, die lange satt halten. Im Vergleich zu tierischem Eiweiß wirken sie sich positiv auf deine Herzgesundheit aus. Effektiv gegen die Morgenübelkeit sollen Bananen gut wirken. Sie enthalten Vitamin B6, das Morgenübelkeit lindern kann. Zusätzlich stecken sie voller Folsäure und Proteinen.

Nüsse sind nicht nur in der Schwangerschaft sehr zu empfehlen. Sie liefern viele gesunde ungesättigte Fette, die Herzerkrankungen minimieren und wichtig für die Kindesentwicklung sind. Als kleiner Snack zwischendurch oder im Salat lassen sie sich optimal in den Speiseplan integrieren. Tipp: Keine Nuss enthält mehr Omega-3 als die Walnuss. Auch Avocados, Leinsamen, Lachs, Hering und Makrelen liefern eine große Portion an wertvollen Fettsäuren, die du und dein Ungeborenes gut gebrauchen können.

Orangen und Granatäpfel helfen auf natürliche Art und Weise dabei, deinen Folsäure-Spiegel aufrecht zu erhalten. Auch in Form von Säften ohne zusätzlichen Zucker wirken sich deren Inhaltsstoffe positiv auf dein Wohlbefinden aus. Auch Sonnenblumenkerne sind ein wahres Superfood in der Schwangerschaft. Sie stecken voller wertvoller Mineralstoffe, guten Fetten und Folsäure.

Wie soll die Ernährung im Verlauf der Schwangerschaft also sein?

Die ersten drei Monate

Im Inneren des Körpers gehen bereits jetzt viele Veränderungen vor sich, die äußerlich nicht sichtbar sind. Die Herz- und Atemfrequenz erhöht sich, da dein Körper den deines Baby mitversorgen muss. Die Umstellung ist mit viel Anstrengung verbunden, die sich mit Müdigkeit, Erbrechen, Stimmungsschwankungen und Heißhunger bemerkbar macht. Zu Beginn ist alles aufregend und es bestehen viele Unsicherheiten, was erlaubt ist und was nicht. Doch bereits nach ein paar Wochen wirst du feststellen, dass die Ernährungsumstellung nicht so kompliziert ist wie gedacht. Eine ausgewogene Ernährung ist bereits vor der Schwangerschaft eine gute Voraussetzung für die gesunde Entwicklung deines Kindes. Auch Folsäure solltest du bereits ein paar Wochen zuvor einnehmen, um das Kind optimal versorgen zu können. Einhergehend mit dem Beginn der Schwangerschaft ist Chaos im Hormonhaushalt angesagt, wodurch oft Übelkeit verursacht wird. Bemerkbar macht sich die Schwangerschaft auch an den dunkler werdenden Brustwarzen und den größeren Brüsten.

Im Laufe der Schwangerschaft liegt die durchschnittliche Gewichtszunahme bei etwa 10 – 15 Kilo. Die Werte sind jedoch individuell und können von Frau zu Frau unterschiedlich sein. Achten solltest du auf eine Ernährung, die dir und deinem Kind guttut und eine optimale Entwicklung ermöglicht. An erster Stelle dürfen weder Alkohol noch Zigaretten konsumiert werden. Doch auch den Verzehr von fett- und zuckerhaltigen Lebensmittel gilt es einzuschränken. Verboten sind außerdem Rohmilchprodukte, rohes Fleisch und eine größere Menge an Koffein.

Die Morgenübelkeit lässt sich mit einem kleinen Frühstück im Bett reduzieren. In den ersten Stunden des Tages ist die Übelkeit meist am Schlimmsten. Sobald du die ersten drei Monate überstanden hast, solltest du auch das überwunden haben. Um das starke Abfallen des Blutzuckers zu vermeiden, eignen sich mehrere, über den Tag verteilte, kleine Mahlzeiten und Snacks. Auch Kamillen- und Pfefferminztee wirken sich positiv auf dein Wohlbefinden aus.

Manche Frauen haben in der Schwangerschaft mit empfindlichen Zähnen und Zahnfleischentzündungen zu kämpfen. Grund dafür ist, dass das Bindegewebe auch im Mund weicher wird und es somit schneller zu Blutungen kommt. Das Durcheinander der Hormone führt unter anderem dazu, dass viele Schwangere in den ersten Monaten unter Schlaflosigkeit leiden. Yoga, Tee oder ein entspanntes Bad können dir dabei helfen, zur Ruhe zu kommen. Solltest du vermehrt Muskelkrämpfe verspüren, kann das ein Zeichen für Magnesiummangel sein. Nüsse, Bananen, Milch- und Vollkornprodukte können dabei helfen, deine Muskeln zu entspannen.

Die Monate 4,5,6

Die Morgenübelkeit lässt langsam nach und der Bauchumfang wächst täglich. Immer häufiger spürst du die Bewegungen deines Kindes und die anfänglichen Unsicherheiten bezüglich der Ernährung rücken immer weiter in den Hintergrund. Ein Großteil der Schwangeren empfindet das zweite Trimester als sehr entspannend. Dein Kind nimmt jetzt immer mehr wahr, überwiegend akustisch. Musik, Stimmen und Geräusche werden ihm immer vertrauter. Du könntest beispielsweise eine Spieluhr mit einer Musik nehmen, die auf dich und das Baby beruhigend wirkt, ihn regelmäßig auf deinen Bauch legen und abspielen. Diese könnte euch auch bis nach der Geburt begleiten und beruhigend auf das Baby wirken.

Sollten bei dir Schwangerschaftsstreifen auftreten, lass dich davon nicht beunruhigen. Sie sind ganz normal und du kannst sie durch regelmäßige Zupfmassagen und regelmäßiges Eincremen reduzieren. Greife die Haut an deinem Bauch oder den Brüsten sanft mit zwei Fingern und lasse sie kurz darauf wieder los. Die Durchblutung wird dadurch angeregt und wenn du möchtest kannst du zusätzlich entsprechende Schwangerschaftsöle dazunehmen.

Viele Frauen haben häufig in diesen drei Monaten vermehrt mit Sodbrennen zu kämpfen. Je größer dein Kind ist, desto weiter wird der Magen nach oben gedrückt. Versuche wenig Kohlensäure oder scharfe Gerichte zu dir zu nehmen und setze stattdessen auf Haferflocken, Reis, Gemüse und Nüsse. Hormone sind dafür verantwortlich, dass sich die Gebärmuttermuskulatur entspannt. Der Effekt wirkt sich gleichzeitig auch auf den Darm aus, wodurch Blähungen oder Verstopfungen entstehen können. Auch Haare und Haut können hormonbedingt leicht verrücktspielen.

Es wird spannend, die letzten drei Monate!

In den letzten drei Monaten bereitet sich der Körper auf die bevorstehende Geburt vor. Alle Organe deines Kindes sind mittlerweile fast vollständig entwickelt. Für deinen Körper ist das letzte Trimester sehr beanspruchend und Bewegungen fallen immer schwerer. Kurzatmigkeit kann verstärkt auftreten, da das Zwerchfell von der Gebärmutter nach oben gedrückt wird. Viele Schwangere haben mit Schlafproblemen und Müdigkeit zu kämpfen. Vermeiden solltest du es, auf dem Rücken zu liegen, da dadurch die Blutzufuhr zurück zum Herzen unterbrochen werden kann. Mache es dir stattdessen besser mit einem Kissen zwischen den Knien auf der Seite bequem. Auch erste Senkwehen können in Verbindung mit einem harten Bauch zu spüren sein. Gegen Ende des letzten Trimesters gleitet das Ungeborene immer weiter in Richtung Becken, wodurch die Atmung wieder leichter fällt. Allerdings verstärkt sich dadurch wiederum der Druck auf die Blase. Durch das zunehmende Gewicht des Kindes können Rückenschmerzen im Bereich der Lendenwirbelsäule auftreten. Eine Rückenmassage sorgt nicht nur für etwas Entspannung, sie lindert gleichzeitig Muskelverspannungen. Gegen Ende der Schwangerschaft unterliegt dein Körper erneuten hormonellen Umstellungen, ähnlich wie in den ersten Wochen. Stimmungsschwankungen können deswegen auch jetzt gelegentlich auftreten. Wasser lagert sich zunehmend in deinem Körper ein. Insgesamt können sich in Beinen, Armen, Bauch und Gesäß bis zu 2 Liter ansammeln. Die Flüssigkeit gleicht nach der Entbindung den Blutverlust aus. Achte darauf, genug zu trinken und deine Beine hoch zu legen.

Vitamin B, Vitamin C und Vitamin K sind in den letzten drei Monaten besonders von Bedeutung. Frisches Obst solltest du deswegen regelmäßig zu dir nehmen. Beispielsweise Kiwis, Erdbeeren, oder Johannisbeeren stecken vollem Vitamin C, das dir dabei hilft, Eisen besser aufnehmen zu können. Viel trinken, ausreichend Bewegung und Ballaststoffe wirken sich positiv auf deine Verdauung aus, die vielen Frauen am Ende der Schwangerschaft Probleme bereitet. Mahlzeiten, die Linsen, Kichererbsen oder Bohnen enthalten, sind neben Haferflocken und Vollkornprodukten eine ideale

Ballaststoffquelle. Vitamin K unterstützt die Blutgerinnung in deinem Körper und dem deines Babys. Rosenkohl, Blumenkohl, Spinat oder auch Honigmelone eignet sich dafür hervorragend.

Ananas wird zugesagt, dass sie Inhaltsstoffe enthält, die das Gewebe der Gebärmutter weicher machen und dadurch erste Wehen einleiten können. Sollte der ursprünglich errechnete Geburtstermin schon überschritten sein, kannst du versuchen den Prozess des Wartens mit Ananas zu verkürzen.

Tipps und Tricks

Heißhunger

Besonders in den ersten Wochen kannst du dich auf sehr untypische Geschmackskombinationen wie beispielsweise saure Gurken mit Schokocreme einstellen. Auch plötzliche Geschmacksänderungen sind keine Seltenheit. Nicht selten müssen sich ursprüngliche Kaffeeliebhaber schon allein beim Geruch davon übergeben. Schuld an Übelkeit und Heißhungerattacken während der Schwangerschaft ist das Hormon Beta-hCG, das von deinem Körper gebildet wird. Es sorgt dafür, dass du vermehrt zu Süßigkeiten und Chips greifst, oder Lust auf saure Essiggurken verspürst. Um beispielsweise Schwangerschaftsdiabetes durch zu viel Zucker zu vermeiden, kann es helfen, mehrere kleine Mahlzeiten über den Tag verteilt zu essen. Das hat den Vorteil, dass dein Blutzuckerspiegel aufrechterhalten wird und du Heißhunger dadurch verhindern kannst.

Wer bereits mit einem gesunden Frühstück in den Tag startet, wird weniger schnell zum Griff in die Gummibärchentüte verleitet. Ein Toast mit Schoko-Aufstrich am Morgen dagegen sorgt für einen extremen Anstieg der Zuckerkonzentration im Blut, wodurch das Verlangen nach weiteren Süßigkeiten geweckt wird. Beginne deinen Tag stattdessen mit einem nahrhaften Müsli bestehend aus Haferflocken, Quark und frischem Obst.

Wenn du die Wahl hast, zwischen Vollkorn- und Weißmehlprodukten zu entscheiden, dann solltest du dich immer für die Vollkornvariante entscheiden. Es handelt sich dabei um komplexe Kohlenhydrate, die den Blutzucker nicht allzu steil ansteigen lassen. Heißhunger auf fettige Pommes kannst du ganz einfach umgehen, indem du Kartoffelscheiben im Ofen zubereitest und sie mit Jodsalz und etwas Quark servierst. Sollte das Verlangen nach Schokolade zu groß werden, stellt Zartbitterschokolade eine gute Alternative dar. Sie ist nicht nur gesünder, sondern stillt die Lust auf etwas Süßes viel effektiver als helle Schokolade. Oftmals ist ein Flüssigkeitsmangel auch Ursache für Heißhunger, da der Körper nicht zwischen Hunger und Durst unterscheiden kann. Gummibärchen lassen sich durch Nüsse oder Trockenobst ersetzen. Gleichzeitig liefern dir Nüsse wertvolle ungesättigte Fette und halten lange satt. Du kannst auf etwas zum Knabbern bei deinem Lieblingsfilm nicht verzichten? Dann versuche es einmal mit ungesüßtem Popcorn. Auch Obstsalat oder Früchtetee eignen sich ideal, um Heißhunger auf etwas Süßes zu stillen.

Auch ein Nährstoffmangel kann schuld an Heißhungerattacken sein und sollte von einem Arzt abgeklärt werden. Häufig macht sich ein Defizit an Eiweiß oder Eisen mit dem Verlangen nach Fleisch bemerkbar. Milchprodukte und Nüsse enthalten nicht nur eine große Portion Eiweiß, sie stillen gleichzeitig das Verlangen nach Süßigkeiten. Selbstverständlich sind Süßigkeiten während der Schwangerschaft nicht verboten. Ganz im Gegenteil. Wenn du Lust auf Schokolade oder ein Stück Kuchen hast, solltest du dir das nicht nehmen lassen. Achte einfach darauf, dass es nicht zu dauerhaft unkontrollierten Heißhungerattacken kommt, die deine Gesundheit und die deines Kindes gefährden. Eine gesunde und ausgewogene Ernährung fördert die Kindesentwicklung und sorgt für dein Wohlbefinden.

Sodbrennen

Sodbrennen entsteht, weil der Schließmuskel des Magens nicht richtig schließt und dadurch Magensäure in die Speiseröhre aufsteigt. Bemerkbar macht es sich mit einem brennenden Gefühl im Bereich des Brustkorbs und bitterem Aufstoßen. Die Magensäure spielt eine wichtige Rolle in der Verdauung. Gelangt die Flüssigkeit jedoch in die Speiseröhre, greift sie dort die Schleimhaut an. Scharfes und fettiges Essen sorgt zusätzlich dafür, dass mehr Magensaft gebildet wird. Besonders in den letzten drei Monaten tritt Sodbrennen verstärkt auf, da die immer größer werdende Gebärmutter zunehmend auf den Magen drückt.

Kleine Mahlzeiten beugen nicht nur Heißhunger vor, sie lindern auch das Sodbrennen. Wasser ohne Kohlensäure und mildes Essen sorgen außerdem schnell für Besserung. Auch Haferflocken, Milchprodukte oder Bananen helfen gegen das unangenehme Gefühl. Achte beim Schlafen darauf, erhöht und bevorzugt auf der linken Körperseite zu liegen. Das Aufsteigen der Säure wird dadurch erschwert. Sobald dein Kind auf der Welt ist, sollte das Sodbrennen wieder nachlassen.

Schmerzen und sonstige Beschwerden

Mit fortschreitender Schwangerschaft nimmt der Harndrang immer stärker zu, da die Gebärmutter auf die Blase drückt. Damit du nachts durchschlafen und Energie tranken kannst, ist es ratsam, die tägliche Wassermenge im Laufe des Tages zu trinken und nicht erst am Abend. Auf keinen Fall solltest du versuchen weniger Flüssigkeit zu dir zu nehmen. Trainiere stattdessen deine Beckenbodenmuskulatur mit entsprechenden Übungen.

Solltest du unter Verstopfungen leiden, können Wasser, Vollkornprodukte, Obst und Gemüse deine Beschwerden lindern. Auch Krampfandern können aufgrund des zunehmenden Blutvolumens auftreten. Das Blut kann schlechter abfließen, zudem sind die Gefäße hormonbedingt elastischer. Bewegung und das Hochlagern der Beine können Krampfadern vorbeugen.

Fit bleiben

Sport während der Schwangerschaft schadet weder dir noch deinem Baby – ganz im Gegenteil. Wenn es dein Körper zulässt, kannst du dein gewohntes Training auch in der Schwangerschaft fortsetzen. Empfohlen werden sowohl Ausdauersport wie Fahrrad fahren, Walken, Joggen oder Schwimmen, als auch Yoga und leichtes Krafttraining zur Stärkung der Muskulatur. Regelmäßiges Training wirkt sich zudem auch positiv auf die Geburt aus. Frauen, die während der Schwangerschaft sportlich aktiv waren, können besser mit der körperlichen Belastung während der Entbindung umgehen. Zudem kann die Geburtsdauer durch Sport reduziert werden und die Wahrscheinlichkeit für spätere Erkrankungen des Kindes sinkt.

Extrem- und Leistungssport, der erhöhte Risiken bereithält, solltest du deinem Kind zuliebe jedoch vermeiden. Gegen Ende der Schwangerschaft fällt jede Bewegung aufgrund des zusätzlichen Gewichtes immer schwerer. Hier bietet sich Wassergymnastik an, da das Wasser einen Teil der Körpermasse trägt und zusätzlich für Entspannung sorgt. Auch gemütliche Spaziergänge mit gelegentlichen Pausen sorgen für Bewegung, frische Luft und gute Laute.

Im ersten Trimester kannst du dein Training wie gewohnt fortsetztten, allerdings solltest du nicht versuchen die Intensität zu erhöhen. Dein Körper steht in den ersten Wochen genug unter Beanspruchung, bedingt durch die körperliche Umstellung. Versuche im weiteren Verlauf der Schwangerschaft deinen unteren Rücken zu stärken, da dieser Bereich zunehmend beansprucht wird. Auch Rückenschmerzen lassen sich durch stabilisierendes Oberkörpertraining vorbeugen. Je näher die bevorstehende Geburt rückt, desto weniger solltest du Bauchmuskeltraining durchführen. Eine gute Übung, um den gesamten Oberkörper zu trainieren ist die Plank. Stütze dich dafür mit den Unterarmen auf dem Boden ab, hebe die Hüfte an und versuche diese Position für ein paar Sekunden zu halten. Sit-ups oder andere Übungen, die du in Rückenlage ausführst, solltest du ab dem fünften Monat ganz vermeiden, da dadurch wichtige Blutgefäße abgeklemmt werden können.

Wenn es um körperliche Aktivität geht, höre am besten immer auf deinen Körper. Du wirst in den meisten Fällen intuitiv wissen, was dir und deinem Körper guttut oder nicht. Im Normalfall wird dir dein Körper über verschiedene Signale mitteilen, wann er was gerade benötigt. Wenn du dich müde und schlapp fühlst, dann gönne dir etwas Ruhe. Möglicherweise kann auch ein Nährstoffmangel der Grund dafür sein. Solltest du Schmerzen bei bestimmten Aktivitäten haben, vermeide diese und suche bei Fragen und Unsicherheiten einen Arzt auf. Auch im Falle von Blutungen oder sonstigen starken Schmerzen solltest du im Zweifelsfall medizinischen Rat einholen.

Hinweise zu den Rezepten

Die folgenden Rezepte sind bis auf einige Ausnahmen für etwa 2 Personen ausgelegt. Wenn du die Zutatenmengen erhöhen/reduzieren möchtest, achte bitte darauf, alle anderen Zutaten sowie die Koch- oder Backzeit ebenfalls entsprechend zu ändern. Solltest du auf bestimmte Zutaten oder Inhaltsstoffe der Zutaten allergisch reagieren, dann diese bitte ersetzen durch verträglichere Zutaten oder gegebenenfalls ganz weglassen. Die Angaben für die Back- und Kochzeit im Ofen sind nur Richtwerte und dienen nur zur Orientierung. Kuchen und Brot können z.B. mit dem Stäbchentest leicht geprüft werden. Ich habe in diesem Kochbuch auf Fotos verzichtet, da fertige Gerichte selten so aussehen wie auf den jeweiligen Fotos. Weil der Farbdruck teurer ist und Fotos viel mehr Platz in Anspruch nehmen würden, würde das Kochbuch größer, unhandlicher und deutlich teurer werden. Durch den Verzicht darauf, kann ich dir daher viele Rezepte zu einem sehr geringen Preis anbieten. Außerdem habe ich die Rezepte Schritt für Schritt beschrieben, damit du sie problemlos nachkochen kannst.

Kapitel II - Rezepte

Frühstück

Gesundes Körnerbrot

Zutaten

5 Eier
100 g Leinsamen & Haferflocken
100 g Sonnenblumen-kerne
100 g gemahlene Mandeln
100 g gemahlene Haselnüsse
150 g Kürbiskerne
150 g geriebenen Käse
50 ml Olivenöl
2 Teelöffel Salz

Zubereitung

Alle Zutaten gut in einer Schüssel vermischen.
Auf ein gefettetes Backblech geben.
Ofen vorheizen und 60 – 70 Minuten bei 160 Grad backen.

Bananenbrot

Zutaten

4 reife Bananen
3 Eier
1 Teelöffel Vanillepulver
½ Esslöffel Honig
½ EL Vanillezucker
2 Esslöffel Kokosöl
100 g gemahlene Haselnüsse
100 g Quinoa-Mehl
1 Messerspitze Salz
1 Teelöffel Backpulver

Zubereitung

Ofen vorheizen auf ca. 170 Grad. Bananen, Eier, Vanillepulver, Vanillezucker, Honig und Kokosöl in einer Schüssel vermischen. Gemahlene Haselnüsse, Quinoa-Mehl, Salz und Backpulver vermischen und dazugeben. Alles gut verrühren, in eine Kastenform geben und im Ofen bei etwa 170 Grad Umluft 30 – 40 Minuten backen.

Gesundes Brot aus Mandelmehl

Zutaten

2 Eigelb
4 Eiweiß
150 g Mandelmehl
100 g Flohsamen
40 g Chiasamen
1 Teelöffel Backpulver
1 Esslöffel Quark
2 Teelöffel Salz
115 ml Wasser
5 Esslöffel Rapsöl oder Olivenöl

Zubereitung

Eiweiß zunächst schlagen. Dann Mandelmehl, Flohsamen, Chiasamen und Backpulver in einer Schüssel gut vermischen. Eigelb, Salz, Quark, Wasser und anschließend Öl zur Mischung dazugeben. Alles gut verrühren.
Das steif geschlagene Eiweiß nun langsam unterheben, in eine Kastenform geben und im vorgeheizten Ofen bei etwa 180 Grad Umluft 30 Minuten backen.

Low-Carb Brot

Zutaten

50 g Mandelmehl
170 g Haferkleie
50 g Sonnenblumenkerne
20 g Kürbiskerne
4 Esslöffel Flohsamen oder Flohsamenschalen
3 Teelöffel Backpulver
230 g Magerquark
3 Eier
1 Esslöffel Olivenöl
1 Teelöffel Salz
Etwa 2 – 3 Esslöffel Wasser

Zubereitung

Mandelmehl, Haferkleie, Sonnenblumenkerne, Kürbiskerne, Backpulver und die Flohsamen in einer Schüssel vermischen. Quark, Eier, Olivenöl, Wasser und Salz dazugeben, verrühren und den Teig gut kneten. Diesen dann in eine Kastenform geben und im vorgeheizten Ofen bei 180 Grad Umluft 40 bis 50 Minuten backen.

Vollkornbrot

Zutaten

600 g Dinkelmehl
2 Esslöffel Flohsamen
2 Teelöffel Brotgewürz (Fenchel, Kreuzkümmel & Koriander)
400 ml lauwarmes Wasser
1 Würfel frische Hefe
1 Teelöffel Salz

Zubereitung

Dinkelmehl, Flohsamen, Brotgewürz und Salz in einer Schüssel vermischen. Hefe im lauwarmen Wasser auflösen, zur Mischung dazugeben. Den Teig gut verkneten, die Schüssel abdecken und anschließend etwa eine Stunde bei Raumtemperatur gehen lassen.
Teig aus der Schüssel nehmen, kurz durchkneten und in eine Kastenform geben. Das Brot dann bei 170 Grad 40 bis 45 Minuten backen.

Eiweißbrot mit Chia

Zutaten

4 Esslöffel Mandelmehl
120 g gemahlene Mandeln
3 Esslöffel Chiasamen
50 g Leinsamen
50 g Flohsamen
2 Esslöffel Sesam
1 Päckchen Backpulver
3 ½ Teelöffel Brotgewürz
400 g Magerquark
6 Eier
½ Teelöffel Salz

Zubereitung

Leinsamen, Flohsamen & Sesam schroten. Mandelmehl, Chiasamen, Backpulver und Salz in einer Schüssel vermischen. Eier, Magerquark und die geschroteten Samen sowie Sesam dazugeben und gut verrühren. Eine Stunde gehen lassen und anschließend in eine Kastenform geben. Bei 180 Grad Umluft für 60 Minuten backen.

Quark-Brötchen

Zutaten

110 g Dinkelmehl
120 g Magerquark
1 Teelöffel Backpulver
½ Teelöffel Salz
20 g Flohsamenschalen
2 Eier
50 ml Wasser

Zubereitung

Dinkelmehl, Backpulver, Salz sowie Magerquark und Eier gut vermischen.
Wasser und Flohsamenschalen dazugeben und gut verrühren.
Den Teig etwa 15 Minuten bei Raumtemperatur gehen lassen.
Nun den Teig mit einem Löffel in kleinen Häufchen auf einem Blech verteilen und bei 170 Grad Umluft etwa 30 Minuten backen.

Mediterranes Omelett

Zutaten

4 Eier
50 ml Milch
100 g Feta
½ Teelöffel Pfeffer
½ Teelöffel Salz
100 g Kirschtomaten
½ Aubergine
½ Zwiebel
1 Zehe Knoblauch / Knoblauchpulver
30 g grüne Oliven
4 Esslöffel Olivenöl

Zubereitung

Aubergine in halbe Scheiben schneiden und Kirschtomaten halbieren.
Oliven und Zwiebeln kleinschneiden. Knoblauchzehe pressen.
Milch, Eier, Salz und Pfeffer gut vermischen.
2 Esslöffel Olivenöl in einer Pfanne erhitzen und Aubergine mit Zwiebeln, Knoblauch, Pfeffer und Salz anbraten. Anschließend Oliven und Tomaten dazugeben.
In einer weiteren Pfanne 2 Esslöffel Olivenöl erhitzen und die Eiermischung beidseitig anbraten. Diese dann auf einen Teller legen, eine Hälfte mit dem angebratenen Gemüse belegen, Feta in Stückchen dazugeben und zuklappen.

Porridge Erdbeer-Kokos

Zutaten

100 g Erdbeeren
80 g Rote Heidelbeeren
4 Esslöffel Haferflocken
60 g Kokosflocken
250 ml Milch oder Kokosmilch (je nach Geschmack)
1 Messerspitze Salz

Zubereitung

Das Obst zunächst gründlich waschen und anschließend die Erdbeeren in zwei Hälften schneiden. Die Milch, Haferflocken und Kokosflocken in einen Topf geben, eine Messerspitze Salz dazugeben und bei mittlerer Hitze etwa 4 Minuten kochen.
Den Herd ausschalten und etwa 2 Minuten im noch warmen Topf ruhen lassen.
Zum Schluss das Porridge etwas abkühlen lassen, die Beeren dazugeben und servieren.
Kann kalt oder auch warm genossen werden.

Porridge Apfel-Birne-Dattel

Zutaten

60 g Haferflocken
½ Apfel
½ Birne
3 Datteln
300 ml Milch oder eine pflanzliche Alternative, wie z.B. Hafermilch
1 Teelöffel Honig

Zubereitung

Milch und Haferflocken aufkochen.
Währenddessen Apfel, Birne und Datteln kleinschneiden.
Sobald das Porridge zu kochen beginnt und das Obst dazugeben.
Etwa 2 Minuten bei schwacher Hitze weiterkochen und verrühren.
Anschließend servieren und nach Geschmack mit Honig versüßen.

Omelett mit Käse und Kartoffel

Zutaten

2 Eier
1 Kartoffel (ca. 60 g)
½ Esslöffel gehackten Schnittlauch
2 bis 3 Blätter Basilikum gehackt
2 Esslöffel Rapsöl
½ Zwiebel
Salz
Pfeffer
30 g geriebener Parmesan

Zubereitung

Kartoffel gründlich waschen, halbieren und in Scheiben schneiden. Nun die Zwiebel in kleine Stücke zerteilen. 1 Esslöffel Rapsöl in eine Pfanne geben und mit Zwiebeln und Kartoffeln anbraten. Dann die Eier in einer Schüssel aufschlagen und mit dem Schnittlauch, Basilikum, Parmesan, Pfeffer sowie Salz vermischen. Anschließend noch einen Esslöffel Rapsöl sowie die Eiermischung in die Pfanne geben und etwa 2 Minuten bei mittlerer Hitze braten. Zum Schluss das Omelett wenden und die andere Seite ca. 3 min anbraten.

Pfannkuchen aus Buchweizen

Zutaten

1 Ei
120 g Buchweizenmehl
80 ml Milch
1 Esslöffel Agavendicksaft
80 ml Mineralwasser
1 Messerspitze Salz
¾ Teelöffel Backpulver
1 Esslöffel Rapsöl
100 g Erdbeeren

Zubereitung

Buchweizenmehl und Backpulver in einer Schüssel vermischen. Milch, Mineralwasser, Agavendicksaft, Ei mit einer Messerspitze Salz dazugeben und gut verrühren. Den Teig nun etwa 10 Minuten ruhen lassen. Rapsöl in eine Pfanne geben und bei mittlerer Hitze erhitzen. Etwa 2 Esslöffel Teig in die Pfanne geben und beidseitig backen. Dabei darauf achten, dass Du den Pfannkuchen wendest, sobald sich viele kleine Bläschen gebildet haben.

Süße Brötchen

Zutaten

250 g Mehl
250 g Quark
35 g Agavendicksaft
½ Packung Backpulver
1 Ei
1 Messerspitze Salz
Ca. 3 Esslöffel Sahne

Zubereitung

Sämtliche Zutaten in eine Schüssel geben und gut zu einem Teig verarbeiten. Mit feuchten (oder öligen) Händen kleine Brötchen formen. Backpapier auf einem Backblech ausbreiten und die Brötchen in entsprechendem Abstand zueinander drauflegen. Die Brötchen nun mit der Sahne bestreichen und bei jedem davon oben ein oder zwei Einschnitte machen.
Anschließend bei 180 Grad Umluft etwa 25 Minuten backen.

Pfannkuchen aus Kokosmehl und Banane

Zutaten

35 g Kokosmehl
45 g Kokosmilch
½ Teelöffel Backpulver
1 Banane
2 Eier
1 Messerspitze Salz
2 Esslöffel Kokosöl

Zubereitung

Eine Hälfte der Banane in einer Schüssel zu Mus zerdrücken und die andere Hälfte in dünne Scheiben schneiden. Kokosmilch, Eier, Backpulver, Salz dazugeben und gut vermischen. Die Mischung dann etwa 10 Minuten ruhen lassen. Kokosöl in einer Pfanne bei mittlerer Temperatur erhitzen und etwa 2 Esslöffel Teig je Pfannkuchen dazugeben. Diesen dann gleich mit ein paar Bananenscheiben belegen. Sobald sich Bläschen gebildet haben, den Pfannkuchen wenden. Warm servieren.

Pfannkuchen mit Heidelbeeren

Zutaten

150 g Mehl
1 ½ Esslöffel brauner Zucker
1 Teelöffel Backpulver
½ Teelöffel Salz
250 g Heidelbeeren
300 ml Milch
2 Eier
4 Teelöffel Rapsöl

Zubereitung

Mehl, brauner Zucker, Backpulver und Salz in einer Schüssel vermischen. Milch und Eier dazugeben und gut verrühren. Den Teig dann etwa eine halbe Stunde stehen lassen. Heidelbeeren gut waschen und abtupfen. Rapsöl in der Pfanne bei mittlerer Temperatur erhitzen. Den Teig in die Pfanne geben und die Heidelbeeren in gewünschter Menge sofort darauf verteilen. Nachdem sich auf der Oberfläche Bläschen gebildet haben, den Pfannkuchen wenden und bis zu 2 Minuten backen. Warm serviert schmecken diese Pfannkuchen am besten!

Omelett mit Ziegenkäse und Tomaten

Zutaten

4 Eier
5 Blätter Rucola
2 Tomaten
1 Teelöffel Olivenöl
4 grüne Oliven
1 Messerspitze Salz
1 Messerspitze Pfeffer
50 g Ziegenkäse

Zubereitung

Rucola und Tomaten gut waschen und abtupfen. Dann Rucola kleinhacken und Tomaten sowie Oliven in Scheiben schneiden. Eier, Salz und Pfeffer mit einem Schneebesen verquirlen. Pfanne mit dem Olivenöl bei mittlerer Temperatur erhitzen. Eier dazugeben und nach etwa 1 Minute mithilfe eines Pfannenwenders oder eines Tellers das Omelett wenden. Ziegenkäse grob zerbröseln und mit den Tomaten auf das Omelett verteilen. Pfanne abdecken, etwa 1 Minute weiter braten und auf einem Teller servieren.

Omelett mit Gemüse

Zutaten

3 Eier
70 g Erbsen
1 rote und grüne Paprikaschote
Thymian und Petersilie
1 Tomate
70 g Schmand
½ Zwiebel
½ Knoblauchzehe
1 Messerspitze Salz
1 Messerspitze Pfeffer
1 Esslöffel Olivenöl

Zubereitung

Paprikaschoten, Tomate, Thymian und Petersilie gründlich waschen. Halbe Zwiebel kleinschneiden. Paprikaschoten entkernen und in dünne Streifen schneiden. Tomate in kleine Stücke schneiden. Thymian und Petersilie kleinhacken. Olivenöl in der Pfanne erhitzen. Die halbe Knoblauchzehe pressen, mit der Zwiebel, Thymian und Paprika in der Pfanne bei mittlerer Temperatur etwa 2 Minuten dünsten. Eier, Schmand, Pfeffer und Salz verquirlen und anschließend in die Pfanne geben. Bei geringer Hitze etwa 6 Minuten braten, die Petersilie dazugeben und servieren.

Süßkartoffel Frühstück

Zutaten

2 mittelgroße Süßkartoffeln
¼ Tasse geröstete Kokosflocken
½ Apfel
Heidelbeeren
1 Banane
¼ Tasse fettfreier Kokosjoghurt
1 Esslöffel Ahornsirup

Zubereitung

Süßkartoffeln gründlich waschen, durch die Hälfte schneiden (Bitte aufpassen: Süßkartoffeln sind hart und könnten beim Schneiden rutschen!).
Backofen vorheizen auf 200 Grad, die Süßkartoffel-Hälften auf ein mit Backpapier ausgelegtes Backblech legen und etwa 40 Minuten bei 160 Grad Ober- und Unterhitze backen bis sie zart sind. Die Süßkartoffeln etwas abkühlen lassen. In der Zwischenzeit Heidelbeeren gründlich waschen, den Apfel zerstückeln und die Banane in Scheiben schneiden. Anschließend Schalen der Süßkartoffeln entfernen, mit einer Gabel zerdrücken und in ein Teller geben. Restliche Zutaten dazugeben und servieren. Kann warm oder auch kalt genossen werden.

Früchte-Müsli

Zutaten

7 Esslöffel Müsli (ungesüßt)
300 g fettarmer Joghurt (1,5 % Fett) oder Quark
½ Apfel
200 g Erdbeeren
1 Bananen
2 Teelöffel Mandeln gehackt
50 ml Orangensaft
2 Teelöffel Ahornsirup

Zubereitung

Orangensaft, Ahornsirup und Joghurt/Quark gut verrühren. Müsli dazugeben und kurz beiseitelegen. Erdbeeren gründlich waschen und halbieren. Den halben Apfel in kleine Stücke und die Banane in Scheiben schneiden.
Restliche Zutaten dazugeben und servieren.

Haferflocken-Müsli mit Früchten und Nüssen

Zutaten

6 Esslöffel Haferflocken
200 ml Bio-Hafermilch
150 g Erdbeeren
½ Apfel
½ Birne
3 Teelöffel Nüsse, gehackt
Optional: 1 Teelöffel Honig

Zubereitung

Haferflocken und Hafermilch in eine Schüssel geben, abdecken und mindestens eine Stunde ruhen lassen. Das Obst gründlich waschen, in kleine Stücke schneiden und zum Müsli dazugeben. Anschließend die gehackten Nüsse drüberstreuen.
Optional mit Honig versüßen, schmeckt jedoch auch ohne gut!

Haferflocken-Granola-Müsli Mango-Himbeeren

Zutaten

6 Esslöffel Haferflocken
Granola
½ Esslöffel Chiasamen
70 g Mango
50 g Himbeeren
150 ml Kokosmilch
170 ml Wasser
4 Datteln

Zubereitung

Datteln kleinschneiden. Haferflocken, Chiasamen, Kokosmilch und Wasser in einen Topf geben. Datteln zur Mischung dazugeben und bei mittlerer Hitze solange kochen und verrühren bis sich eine breiige Masse bildet.
Das heißgekochte Müsli vom Herd nehmen und in eine kleine Schüssel geben.
Zum Schluss die Mango pürieren und mit der Granola sowie Himbeeren auf das Müsli verteilen.

Omelett mit Kartoffeln

Zutaten

1 mittelgroße Kartoffel
1 bis 2 Eier
¼ Teelöffel Kümmel
¼ Teelöffel Pfeffer
1 Messerspitze Salz
1 Esslöffel Olivenöl

Zubereitung

Kartoffeln schälen, kurz unter kaltem, fließendem Wasser halten. Die Kartoffeln nun in dünne Scheiben schneiden Olivenöl zunächst in der Pfanne erhitzen, dann die Kartoffeln mit Salz, Pfeffer und Kümmel unter mehrmaligem Wenden bei mittlerer Hitze anbraten. Eier verquirlen und zu den Kartoffeln in die Pfanne geben.
Etwa 2 Minuten pro Seite braten.

Gebratene Brotscheiben mit Marmelade

Zutaten

2 Eier
1 ½ Esslöffel Milch
2 bis 4 Brotscheiben (z.B. Toastbrot)
40 g Butter
Marmelade

Zubereitung

Eier und Milch verquirlen und anschließend die Brotscheiben hineintauchen.
Butter in eine Pfanne geben, erhitzen und Brotscheiben etwa 2 bis 4 Minuten pro Seite bei mittlerer Hitze anbraten.
Anschließend die Marmelade auf die noch heißen Brotscheiben schmieren.
Warm oder kalt servieren.
Falls noch etwas von der Eier-Milch-Mischung übriggeblieben ist, kann diese zum Schluss auch in der Pfanne mit einer Prise Salz gebraten werden.

Eier mit Spinat

Zutaten

2 Eier
250 g frischer Spinat
½ Zwiebel
1 ½ Esslöffel Butter
1 Messerspitze Salz
1 Messerspitze Pfeffer
1 Messerspitze Paprika

Zubereitung

Spinat gründlich waschen, abtropfen lassen und anschließend bei hoher Temperatur ca. 8 Minuten kochen. Dann durch ein Sieb gießen und abtropfen lassen.
Zwiebel kleinschneiden und mit der Butter in einer Pfanne erhitzen.
Spinat dazugeben, mit Pfeffer und Salz würzen und bei mittlerer Hitze unter mehrmaligem Umrühren schmoren lassen.
Nun die Eier gleich neben dem Spinat in die Pfanne geben, mit Salz und Paprika würzen und mit einem Deckel abgedeckt gut anbraten.

Mandel Aprikosen Müsli

Zutaten

120 g Haferflocken
15 g Kokosraspel
20 g brauner Zucker
1 Messerspitze Salz
2 Esslöffel Sonnenblumenöl
2 Esslöffel flüssiger Honig
20 g Mandeln als Flocken
35g weich getrocknete, essfertige Aprikosen
25 g Rosinen

Zubereitung

Den Backofen auf 150 Grad vorheizen. Backblech mit Backpapier auslegen und leicht einfetten. Haferflocken, Kokosnuss, Zucker und Salz in eine große Schüssel geben und verrühren. Öl und Honig darüber träufeln und umrühren, bis alles gut vermischt ist. Mandeln einrühren, auf dem vorbereiteten Backblech verteilen und 20 Minuten backen. Anschließend auf dem Backblech verrühren und weitere 20 Minuten backen. Nun noch ein letztes Mal verrühren und weiter 5 bis 10 Minuten backen, bis sie leicht geröstet sind. Das Müsli in eine große Schüssel geben und abkühlen lassen. Zum Schluss Rosinen und Aprikosen dazugeben und warm oder abgekühlt genießen.

Pfannkuchen mit Bananen und Walnuss

Zutaten

¼ Tasse Bananenpüree
1/2 Tasse fein gehackte Walnüsse
50 g Vollkornmehl
2 Esslöffel Weizenkleie
75 g Milch
2 bis 4 Esslöffel brauner Zucker, je nach Geschmack
1/2 Esslöffel Vanille-Extrakt
1/2 Esslöffel Backpulver
4 Esslöffel Butter

Zubereitung

In einer Schüssel alle Zutaten vermischen. Halbe Tasse Wasser dazugeben und noch einmal gut umrühren. Butter in einer Pfanne bei mittlerer Temperatur erhitzen. Nun etwa 1 bis 2 Esslöffel Teig in die Pfanne geben und beide Seiten goldbraun backen. Jeweils immer wenden, sobald oben viele Bläschen zu sehen sind. Anschließend kannst du die Pfannkuchen mit Bananenscheiben und Honig genießen.

Hauptmahlzeiten

Suppen

Joghurtsuppe mit Reis

Zutaten

230 g Naturjoghurt
20 g Langkornreis
200 g Hühnerbrühe
1 verquirltes Eigelb
½ Esslöffel in Wasser aufgelöste Speisestärke
½ Teelöffel Salz
1 Messerspitze Pfeffer
½ Esslöffel Butter
½ Esslöffel getrocknete Minze

Zubereitung

Hühnerbrühe in einem Topf mit Salz und Pfeffer aufkochen. Reis dazugeben und bei mittlerer Hitze fast gar kochen. Joghurt mit Speisestärke und Eigelb vermischen und in einer Pfanne aufkochen bis die Mischung dickflüssiger geworden ist. Die Joghurt-Mischung nun zur Hühnerbrühe einrühren, bis der Reis gar gekocht ist. Währenddessen die Butter mit der getrockneten Minze zusammen erhitzen. Zum Schluss die Suppe in eine Schüssel geben, mit der Butter-Minze garnieren und mit einem Stück Brot servieren.

Graupensuppe mit Möhren

Zutaten

25 g Perlgraupen
½ Möhre
1 Kartoffel
500 ml Fleischbrühe (mild gesalzen, gegebenenfalls verdünnen mit Wasser)
½ Lauchstange
½ Esslöffel frisch gehackte Petersilie
½ Sellerie
½ Thymianzweig
20 g Butter
1 Prise Salz & Pfeffer
1 Teelöffel Apfelessig

Zubereitung

Die Möhre, Sellerie und Kartoffel schälen und kleinschneiden. Dann den Lauch waschen und ebenfalls zerkleinern. Die Butter in einem Topf erhitzen das Gemüse dazugeben. Kurz anschmoren. Graupen waschen, abtropfen lassen und zum Gemüse in den Topf geben. Weiter schmoren lassen und dann unter Umrühren die Brühe hineingießen. Thymian waschen und reingeben. Die Suppe etwa 25 Minuten kochen. Nun noch mit Salz, Pfeffer und Apfelessig abschmecken und mit Petersilie bestreut servieren.

Suppe mit Zwiebel und Kartoffel

Zutaten

250 g Zwiebeln
1 Kartoffel
250 ml Gemüsebrühe
2 Teelöffel Mehl
1 Ei
3 Teelöffel Sahne
½ Teelöffel Salz, 1 Messerspitze Pfeffer

Zubereitung

Zwiebeln schälen und in Scheiben schneiden. Butter in einem Topf erhitzen und die Zwiebeln darin glasig anbraten. Mehl dazugeben, dann die Gemüsebrühe unter mehrmaligem Rühren hineingießen. Die Suppe nun mit dem Topfdeckel drauf etwa 20 Minuten bei mittlerer Temperatur köcheln.
In der Zwischenzeit das Ei mit Pfeffer, Salz und Sahne vermischen und in die Suppe einrühren. Nach etwa 4 Minuten vom Herd nehmen und mit einem Stück Brot servieren.

Suppe mit Spinat, Spargel und Kohlrabi

Zutaten

150 g Blattspinat
ca. 150 g Spargel
150 g Spinatblätter
20 g Petersilienblätter
380 g Gemüsebrühe
2 Esslöffel Olivenöl
50 g Sahne
½ Teelöffel Salz
1 Messerspitze Pfeffer

Zubereitung

Die Spargel schälen, jeweils die Enden entfernen und im gesalzenen Wasser garkochen. Währenddessen die Spinatblätter waschen sowie kleinhacken und den Kohlrabi schälen und in kleine Stücke schneiden. 1 Esslöffel Olivenöl in einen Topf geben, die Spinatblätter und den Kohlrabi für zwei Minuten erhitzen und die Gemüsebrühe dazugeben. Nun etwa für 14 Minuten bei mittlerer Hitze aufkochen. Dann alles mit einem Pürierstab pürieren und mit Salz sowie Pfeffer würzen. Nun die Spargel abseihen, mit 1 Esslöffel Olivenöl in der Pfanne anbraten und in die Suppe geben. Petersilienblätter waschen, auf die Suppe geben und servieren.

Cremige Kürbissuppe

Zutaten

½ kg Hokkaido-Kürbis
1 große Kartoffel
1 Zwiebel
100 g Knollensellerie
750 g Gemüsebrühe
Muskatnuss
1 Esslöffel Olivenöl
2 Esslöffel Saure Sahne oder Joghurt
1 Messerspitze Salz & Pfeffer

Zubereitung

Kürbis in Stücke schneiden und Kerne entfernen. Die Kartoffel, Knollensellerie und Zwiebel schälen und kleinschneiden. Die Zwiebeln in einem Topf mit 1 Esslöffel Olivenöl glasig anbraten. Nun Kürbis, Kartoffel, Sellerie und die Gemüsebrühe in den Topf geben und mit Salz, Pfeffer sowie geriebener Muskatnuss würzen. Anschließend ca. 20 Minuten bei mittlerer Hitze kochen und dann mit einem Pürierstab gut durchpürieren. Saure Sahne oder Joghurt auf die Suppe geben und servieren. Schmeckt am besten mit einem frischen Brötchen.

Lauchsuppe

Zutaten

150 g Lauch
500 g Gemüsebrühe
1 Ei
1 Messerspitze Salz & Pfeffer
1 Messerspitze Curry-Pulver
1 Scheibe Käse (am besten Gouda)
½ Esslöffel Butter
1 Esslöffel Schnittlauch

Zubereitung

Lauch gründlich waschen, streifenweise schneiden und mit Gemüsebrühe sowie Salz in einem Topf ca. 20 Minuten kochen. Währenddessen die Käsescheibe kleinhacken (als Ersatz für geriebenen Käse). Die kochende Suppe vom Herd nehmen und mit Pfeffer, Currypulver und Käse abschmecken. Die Butter in einer Pfanne erhitzen, das Ei verquirlen und zu Rührei anbraten. Dieses in eine Suppentasse geben und die Suppe gleich darüber. Zum Schluss garniert mit kleingehacktem Schnittlauch servieren.

Suppe mit Spinat und Bohnen

Zutaten

300 ml Gemüsebrühe
150 g Riesenbohnen
400 g Spinat
1 Zwiebel
2 Tomaten
100 g Paprikaschote
2 Esslöffel Olivenöl

Zubereitung

Bohnen waschen und über Nacht in kaltem Wasser einweichen lassen. Die Bohnen in der Gemüsebrühe etwa 40 Minuten bei mittlerer Hitze kochen. Zwiebeln schälen, kleinschneiden und in einem zweiten Topf mit einem Esslöffel Olivenöl glasig dünsten. Paprikaschoten, Spinat und Tomaten gründlich waschen. Paprikaschoten von den Kernen befreien und mit Spinat und Tomaten grob kleinschneiden. Nun das Gemüse sowie die Gemüsebrühe mit den Bohnen zu den Zwiebeln dazugeben. Die Suppe dann noch 15 Minuten bei mittlerer Hitze kochen, 1 Esslöffel Oliven darauf verteilen und nochmal 15 Minuten ruhen lassen. Zum Schluss mit einem Brötchen servieren.

Cremige Paprikasuppe

Zutaten

2 gelbe Paprika
350 ml Gemüsebrühe
80 g Schafskäse (aus pasteurisierter Milch)
½ Knoblauchzehe
1 kleine Schalotte
½ Esslöffel Olivenöl
100 ml Sahne
Ca. 80 g Oliven, entkernt und halbiert
1 Esslöffel Petersilie
Je 1 Messerspitze Salz & Pfeffer, Paprikagewürz (edelsüß)

Zubereitung

Paprikaschoten waschen, halbieren, innenliegende Fasern und Kerne entfernen sowie in kleine Stücke schneiden. Die Schalotte schälen und zerkleinern. Anschließend den halben Knoblauch pressen und kleinhacken. In einem Topf die Butter erhitzen und Schalotte sowie Knoblauch kurz anbraten. Die Paprikastücke mit der Gemüsebrühe hineingeben, 10 – 15 Minuten kochen und mit einem Stabmixer durchmixen bis alle Stücke püriert sind. Sahne mit den Gewürzen in der Suppe verrühren und noch ein paar Minuten weiterkochen. Den Schafskäse in Würfel schneiden. Zum Schluss die Suppe in Suppenschüsseln eingießen, den Schafskäse und die Oliven dazugeben und mit der Petersilie bestreut servieren.

Grüne Tortellini-Suppe

Zutaten

12 frische grüne Tortellini
1 Zwiebel
1 Knoblauchzehe
1 Esslöffel Rapsöl
1 Liter Gemüsebrühe
1 Messerspitze Jodiertes Meersalz
1 Messerspitze Pfeffer
Etwas Muskatnuss
150 g Brokkoli
150 g Zuckerschoten
300 g gefrorener Blattspinat
125 ml Milch
Parmesankäse (pasteurisiert, ohne Rinde)

Zubereitung

Die Zwiebel zusammen mit dem Knoblauch kleinschneiden und in Rapsöl kurz anbraten. Anschließend den Spinat und die Gemüsebrühe dazugeben. Während die Suppe für 10 Minuten köchelt, den Brokkoli waschen und in mundgerechte Stücke schneiden. Die Enden der Zuckerschoten entfernen und halbieren. Das Gemüse in einem separaten Topf für 3 Minuten kochen. Den Spinat pürieren und mit der Milch verrühren. Die Tortellini darin gar werden lassen und im letzten Schritt das Gemüse dazugeben. Nach Belieben mit Salz, Pfeffer und Muskat abschmecken.

Hähnchen-Kokos-Suppe

Zutaten

200 g Hähnchen-Streifen
2 Esslöffel Olivenöl
1 Teelöffel Chilipulver
1 Zwiebel
2 Knoblauchzehen
150 g Tomaten
1 mittlere Süßkartoffel
500 ml Gemüsebrühe
200 ml Kokosmilch
1 Messerspitze Jodsalz
1 Messerspitze Pfeffer
½ Limette

Zubereitung

Das Hähnchen kleinschneiden, in einer Schüssel mit Olivenöl und Chili marinieren und für ein paar Minuten einziehen lassen. Anschließend die Zwiebel und den Knoblauch in kleine Würfel schneiden und anbraten. Die Süßkartoffel und die Tomaten würfeln und in den Topf dazu geben. Mit Gemüsebrühe und Kokosmilch ablöschen, abschmecken und für 20 Minuten köcheln lassen. Das Fleisch in einer Pfanne kross anbraten und würzen. Die Suppe pürieren und mit dem Saft einer halben Limette abschmecken. Zum Schluss die Hähnchenstreifen in die Suppe geben und servieren.

Kürbis-Suppe mit Süßkartoffeln

Zutaten

1 kg Hokkaido-Kürbis
1 große Süßkartoffel
2 Esslöffel Rapsöl
2 Zwiebeln
2 Knoblauchzehen
1 Liter Gemüsebrühe
1 Esslöffel Zitronensaft
1 Teelöffel Kurkuma
Cayennepfeffer
1 Messerspitze Salz
1 Messerspitze Chili
1 Esslöffel Korianderblätter

Zubereitung

Den Kürbis in zwei Hälften schneiden, entkernen und würfeln. Als nächstes die Kartoffel waschen und ebenfalls kleinschneiden. In einem Topf die fein gewürfelten Zwiebeln und Knoblauchzehen leicht in Öl anbraten. Kartoffeln und Kürbis hinzugeben und wenige Minuten garen, bevor du mit Gemüsebrühe alles ablöschst und für 20 Minuten köcheln lässt. Mit Kurkuma, Chili, Salz, Pfeffer und Koriander verleihst du der Suppe Geschmack. Zum Schluss alles mit dem Pürierstab mixen, Zitronensaft dazugeben und mit ein paar Korianderblättern garniert servieren.

Vegane Linsensuppe

Zutaten

250 g rote Linsen
1 Zwiebel
1 Knoblauchzehe
2 Karotten
2 Kartoffeln
2 Esslöffel Olivenöl
800 ml Wasser
1 Esslöffel Gemüsebrühe
1/2 Teelöffel gemahlener Kreuzkümmel
1 Teelöffel Petersilie
1 Esslöffel Zitronensaft

Zubereitung

Zwiebel und Knoblauch kleinschneiden und gemeinsam mit den grob gewürfelten Karotten und Kartoffeln kurz in Olivenöl anbraten. Die Linsen waschen und mit dem Wasser und der Brühe zum Gemüse geben. Das Ganze 20 Minuten köcheln lassen, anschließend pürieren und mit Petersilie, Kreuzkümmel und Zitrone abschmecken.

Couscous-Tomatensuppe

Zutaten

600 g Tomaten
1 Paprika
150 g rote Linsen
100 g Couscous
1 Zwiebel
2 Knoblauchzehen
2 Esslöffel Olivenöl
750 ml Gemüsebrühe
Etwas Petersilie
1 Messerspitze Jodsalz 1
1 Messerspitze Pfeffer

Zubereitung

Die Tomaten mit heißem Wasser übergießen und anschließend abschrecken, um die Haut entfernen zu können. Gemeinsam mit der Zwiebel und den Knoblauchzehen kleinschneiden. Zuerst Zwiebel und Knoblauch andünsten, im nächsten Schritt die Tomaten und die Gemüsebrühe hinzugeben und 10 Minuten köcheln lassen. Währenddessen die Paprika würfeln und zusammen mit dem Couscous und den Linsen in den Topf geben. Nach weiteren 10 Minuten kann die Suppe püriert und schließlich gewürzt werden.

Spargel-Käse-Suppe

Zutaten

400 g grüner Spargel
1 Teelöffel Zucker
1 Zwiebel
125 g Kartoffeln
1 Esslöffel Rapsöl
100 g Fontina
½ Zitrone
125 ml Sojasahne
4 Stiele Petersilie
1 Messerspitze Pfeffer
1 Messerspitze Salz

Zubereitung

Die holzigen Enden der Spargeln abschneiden und den Rest in 2 cm große Abschnitte teilen. Dann den Spargel für 5 Minuten kochen, Salz und Zucker ins Wasser hinzugeben. Das Wasser wird später noch benötigt, deswegen die Spargeln mit einer Kelle herausnehmen und zur Seite stellen. Zwiebeln würfeln und die Kartoffeln nach dem Schälen in feine Streifen schneiden. Öl in einen Topf geben und darin die Zwiebeln, die Kartoffeln und die Petersilie kurz anbraten. Zusammen mit 1 Liter Spargelwasser für 20 Minuten kochen, in der Zwischenzeit die Rinde vom Käse entfernen und würfeln. Mit einem Pürierstab alles mixen, danach die Sahne und den Käse dazugeben und warten, bis der Käse geschmolzen ist. Jetzt den Spargel hinzufügen und abschmecken.

Vegane Orangen-Rote-Beete-Suppe

Zutaten

2 Zwiebeln
2 Orangen
600 g gekochte Rote Beete
800 ml Gemüsebrühe
125 ml Sojasahne
2 Esslöffel Rapsöl
1 Messerspitze Salz
1 Messerspitze Pfeffer

Zubereitung

Die Zwiebeln kleinschneiden und in einem großen Topf mit Öl anbraten. Die gewürfelte rote Beete dazu geben und nach 2 Minuten mit der Gemüsebrühe und dem Saft der gepressten Orangen ablöschen. Für 10 Minuten köcheln lassen, pürieren und die Sojasahne hinzufügen. Alles mit Salz und Pfeffer würzen und servieren.

Cremige Reis-Tomatensuppe

Zutaten

250 g Reis
750 ml Wasser
1 Esslöffel Rapsöl
1 Esslöffel Mehl
1 Esslöffel Tomatenmark
1 Esslöffel Zucker
1 Prise Salz

Zubereitung

Aus dem Öl und Mehl wird eine Mehlschwitze zubereitet, indem das Mehl in dem Öl angebraten wird. Anschließend das Wasser nach und nach hinzugeben. Wenn du keine Klümpchen mehr siehst, den Reis für 20 Minuten darin kochen. Im Anschluss das Tomatenmark ebenfalls einrühren und mit Zucker und Salz abschmecken.

Vegane Suppe mit Süßkartoffeln und Kokosmilch

Zutaten

1 Süßkartoffel
2 Möhren
1 Dose Kokosmilch
300 ml Gemüsebrühe
1 Zwiebel
½ Zitrone
1 Teelöffel Sonnenblumenöl

Zubereitung

Die Zwiebel, die Möhren und die Süßkartoffel schälen und würfeln. Zunächst die Zwiebeln kurz in Öl anbraten, dann das Gemüse dazugeben und mit der Gemüsebrühe und Kokosmilch ablöschen. Nach 20 Minuten Kochen alles mit einem Mixer pürieren, mit Zitronensaft, Salz und Pfeffer würzen und servieren.

Cremige Brokkoli-Suppe

Zutaten

300 g Brokkoli
1 Zwiebel
1 Knoblauchzehe
1 Esslöffel Rapsöl
50 ml Sahne
350 ml Gemüsebrühe
Etwas frische Petersilie
½ Teelöffel Salz
1 Messerspitze Pfeffer

Zubereitung

Den Brokkoli waschen und in Röschen aufteilen. Zwiebel und Knoblauch ebenfalls kleinschneiden und in Öl kurz anbraten, anschließend den Brokkoli dazugeben und 5 Minuten andünsten. Danach alles mit Gemüsebrühe und Sahne für 15 Minuten kochen lassen. Die Petersilie zerkleinern und ebenfalls in den Topf geben. Zum Schluss die Suppe mit dem Pürierstab mixen und würzen.

Karottensuppe

Zutaten

500 g Karotten
1 Zwiebel
1 Dose Kokosmilch
½ Teelöffel Currypulver
1 Esslöffel Rapsöl
½ Teelöffel Salz
1 Messerspitze Pfeffer

Zubereitung

Zwiebeln fein hacken, in Öl andünsten und mit Currypulver würzen. Als nächstes die kleingeschnittenen Karotten dazugeben und nach ein paar Minuten mit Kokosmilch ablöschen. Fülle so viel Wasser hinzu, bis die Karotten vollständig bedeckt sind. Nach 20 Minuten sind die Karotten weich und du kannst alles fein pürieren. Sollte die Suppe zu dickflüssig sein, füge etwas mehr Wasser hinzu. Zum Schluss mit Salz und Pfeffer würzen und servieren.

Spargelcreme-Suppe

Zutaten

500 g Spargel
250 ml Milch
100 ml Sahne
60 g Mehl
60 Pflanzenmargarine
750 ml Wasser
Etwas Muskatnuss
½ Teelöffel Salz

Zubereitung

Den Spargel kleinschneiden und für 15 Minuten weichkochen. Anschließend Spargel und Wasser trennen und beides zur Seite stellen. Die Margarine in einem Topf zerlassen, das Mehl unterrühren und langsam 750 ml des Spargelwassers dazugeben. Die Suppe würzen, Milch dazu gießen und für 10 Minuten köcheln lassen. Sollte die Suppe zu wässrig sein, gib etwas Speisestärke zur Sahne hinzu, ansonsten nur die Sahne unterrühren und den Spargel in der Suppe erhitzen. Mit Muskatnuss, Salz und Pfeffer abrunden.

Kartoffel-Spargel-Suppe

Zutaten

200 g grüner Spargel
2 große Kartoffeln
500 ml Gemüsebrühe
100 ml Sahne
1 Messerspitze Salz
Etwas Dill und Muskatnuss

Zubereitung

Zunächst die Kartoffeln schälen und grob würfeln. Die holzigen Enden der Spargel entfernen und ebenfalls kleinschneiden. Das Gemüse für 20 Minuten in der Gemüsebrühe weich kochen. Mit einem Pürierstab die Suppe fein mixen. Die Sahne unterrühren, denn sie macht die Suppe cremig. Nachdem du alles mit Dill, Salz, Pfeffer und Muskat gewürzt hast, erneut aufkochen und anrichten.

Blumenkohl-Suppe

Zutaten

1 Knoblauchzehe
1/2 Zwiebel
1 Esslöffel Olivenöl
1 Karotten
½ Selleriestange
1 Messerspitze Pfeffer
1 Messerspitze Salz
1 Blumenkohl
Gemüsebrühe
½ Dose Kokosnussmilch

Zubereitung

Knoblauch und Zwiebeln fein hacken und in Öl anschwitzen. Füge im nächsten Schritt die gewürfelten Karotten und den Sellerie hinzu und lasse das Gemüse für 5 Minuten garen. Die Blumenkohl-Röschen in mundgerechte Stücke schneiden und mit in den Topf geben. Lösche alles mit Gemüsebrühe und Wasser ab, sodass das Gemüse gerade so bedeckt ist. Für 20 Minuten auf mittlerer Stufe kochen lassen und dann mit einem Stabmixer pürieren. Zum Schluss die Kokosmilch unterrühren, erneut kurz aufkochen, abschmecken und servieren.

Hauptmahlzeiten

Salate

Salat mit Putenbrustfilet-Streifen

Zutaten

250 g Putenbrust
½ Eisbergsalat
2 Handvoll Basilikum
50 g Pinienkerne
½ Mango

4 Esslöffel Olivenöl
1 Messerspitze Salz & Pfeffer
½ Knoblauchzeh
1 Esslöffel Parmesankäse
½ Limette

Zubereitung

Putenbrust in feine Streifen schneiden und anschließend mit 2 Esslöffel Olivenöl gewürzt mit Salz und Pfeffer in einer Pfanne gut durchbraten. Die Putenbrust-Streifen rausnehmen und in der noch öligen Pfanne die Pinienkerne kurz anrösten. Eisbergsalat und Basilikum waschen und kleinschneiden. Basilikum feinhacken. Knoblauchzehe zerdrücken und zusammen mit dem restlichen Olivenöl, Basilikum, Salz und Pfeffer vermischen. Limettensaft aus der halben Limette zerdrücken und mit der Mischung verrühren. Nun alle Zutaten in einer Schüssel gut vermischen bis sich die Öl-Mischung verteilt hat.

Avocado-Salat

Zutaten

1 Avocado
2 Eier
1 Handvoll Spinatblätter
1 Teelöffel Apfelessig
2 Tropfen Sojasoße
2 Esslöffel Sahne (sauer)

8 Kirschtomaten
2 Esslöffel Olivenöl
1 Teelöffel Ahornsirup
½ Zitrone
1 Messerspitze Salz, Pfeffer

Zubereitung

Eier hartkochen und in Scheiben schneiden. Avocado schälen, halbieren, den Kern entfernen und ebenfalls in Scheiben schneiden. Spinatblätter waschen. Kirschtomaten waschen und halbieren. Anschließend Apfelessig, Sojasoße, Olivenöl, Ahornsirup und Sahne vermischen. Nun zunächst die flüssige Mischung auf einen großen Teller gießen, dann die festen Zutaten großflächig verteilen und den Rest der Mischung ebenfalls darauf verteilen. Zum Schluss die Zitrone auf den Salat zerdrücken und mit Salz und Pfeffer abschmecken.

Fruchtiger Eisbergsalat

Zutaten

½ Kopf Eisbergsalat
1 Apfelsine
½ Apfel
1 Zitrone
ca. 80 g kernlose Weintrauben
2 Esslöffel Sahne
1 Messerspitze Salz, Pfeffer
1 Prise Zucker
1 Esslöffel Kresse-Blätter

Zubereitung

Bei dem halben Kopf Eisbergsalat die außenliegenden Blätter entfernen. Nun die Restlichen ablösen, gründlich waschen und abtropfen lassen. Apfel und Apfelsine schälen, entkernen und in Stücke schneiden. Weintrauben halbieren und anschließend alle festen Zutaten in eine Schüssel geben.
Den Saft aus der Zitrone in einer kleinen Schüssel auspressen und mit Sahne, Salz, Pfeffer und Zucker gut vermischen. Die Soße zum Schluss auf den Salat verteilen und mit den Kresse-Blättern garniert servieren.

Avocado-Salat

Zutaten

2 Avocados
2 mittelgroße Tomaten
½ rote Zwiebel
2 Frühlingszwiebeln
2 Knoblauchzehen
1 Zitrone
1 Handvoll Korianderblätter
1 Messerspitze Salz, Pfeffer
4 Esslöffel Olivenöl

Zubereitung

Avocados schälen, entkernen und in Würfel schneiden.
Knoblauchzehen pressen und kleinhacken.
Tomaten, rote Zwiebel und die Frühlingszwiebeln waschen und in kleine Stücke schneiden. Die Zutaten in eine Schüssel geben, Zitrone halbieren und gleich über die Zutaten pressen. Salz, Pfeffer, Olivenöl dazugeben und den Salat vermischen. Korianderblätter darüber verteilen und servieren.

Cremiger Blumenkohlsalat

Zutaten

½ Kopf Blumenkohl
Ca. 100 g Kirschtomaten
3 Frühlingszwiebeln
1 Esslöffel gehackte Petersilie
½ Kidneybohnen aus der Dose
3 Esslöffel Olivenöl
150 g Sahne
½ Zitrone
1 Messerspitze Salz, Pfeffer

Zubereitung

Blumenkohl gründlich waschen, Röschen in kleine Stücke schneiden und Strunk entsorgen. Nun mit Olivenöl in einer Pfanne etwa 5 Minuten anbraten und anschließend Kidneybohnen dazugeben. Mit wenig Salz und Pfeffer abschmecken und nochmal etwa 4 Minuten braten. Tomaten und Frühlingszwiebeln waschen, Tomaten halbieren und die Zwiebeln kleinschneiden. Die Hälfte der kleingeschnittenen Zwiebeln und die Tomaten in die Pfanne geben und kurz mit anbraten. Nun die Sahne mit Salz und Pfeffer abschmecken und anschließend alle Zutaten auf einen Salatteller geben. Zum Schluss die Zitrone darüber auspressen und servieren.

Obstsalat

Zutaten

1 Birne
1 Apfel
1 Banane
½ Mango
½ Zitrone
20 g Johannisbeeren
4 Erdbeeren
4 Datteln

Zubereitung

Obst zunächst gründlich waschen und abtropfen lassen. Apfel und Birne entsteinen und würfeln. Mango schälen und ebenfalls würfeln. Banane in Scheiben schneiden und die Erdbeeren halbieren. Das geschnittene Obst mit den Johannisbeeren in eine Schüssel geben und den Saft aus der Zitrone darauf verteilen. Den Obstsalat nun ein paar Minuten ziehen lassen. Währenddessen noch die Datteln kleinhacken, zum Obstsalat dazugeben und gut vermischen.

Gemischter Avocado-Salat

Zutaten

2 Tomaten
1 Avocado
½ Dose Mais
1 Paprika
½ Gurke
1 Teelöffel Honig
1 Esslöffel Zitronensaft
2 Esslöffel Olivenöl
2 Esslöffel Essig
1 Messerspitze Pfeffer
1 Messerspitze Jodsalz

Zubereitung

Tomaten, Avocado, Gurke und Paprika würfeln und in eine Salatschüssel füllen. Den Mais abwaschen und ebenfalls unterheben. Mische für das Dressing Honig, Essig, Öl und Zitronensaft und schmecke alles mit Salz und Pfeffer ab. Vermenge das Dressing kurz vor dem Servieren mit dem Salat und richte ihn in kleinen Schälchen an.

Exotischer Salat mit Tofu

Zutaten

100 g Tofu
150 g Babyspinat
Sojasauce
1 Teelöffel Mehl
½ Teelöffel Currypulver

1 Ei
3 Esslöffel Sesamsamen
3 Esslöffel Rapsöl
½ Limette
Je 1 Messerspitze Salz und Pfeffer

Zubereitung

Tupfe den Tofu kurz ab, um die Flüssigkeit zu entfernen und schneide ihn in Streifen. Mariniere ihn anschließend mit Sojasauce und stelle den Topf zur Seite. Während die Marinade einzieht, den Salat waschen. Anschließend den Tofu zuerst in der Mehl-Curry-Mischung wenden, dann mit dem aufgeschlagenen Ei bedecken und mit Sesam bestreuen. Öl in einer Pfanne erhitzen und den Tofu anbraten. Für das Dressing den Saft einer ½ Limette, 1 Esslöffel Sojasauce und dem Öl verrühren. Mit Pfeffer und Salz abschmecken, unter den Salat rühren und mit dem gebratenen Tofu darauf servieren.

Frischer Salat mit Pfirsichen

Zutaten

2 Pfirsiche
120 g Cocktailtomaten
1 Mozzarella (pasteurisiert)
½ Avocado
Frisches Basilikum
1 Messerspitze Salz
1 Messerspitze Pfeffer
1 Esslöffel Olivenöl
Etwas Essig
½ Zitrone

Zubereitung

Die Pfirsiche und Tomaten würfeln und in eine große Salatschale geben. Entferne Schale und Kern der Avocado und schneide sie ebenfalls in kleine Stücke. Den Mozzarella aus pasteurisierter Milch zerkleinern und mit dem Basilikum unterheben. Für das Dressing Olivenöl, Essig, Salz, Pfeffer und Zitronensaft über den Salat geben.

Asiatischer Salat mit Hähnchen

Zutaten

1 Stängel Zitronengras
1 Teelöffel brauner Zucker
½ Limette
3 Esslöffel Fischsauce
½ Handvoll gesalzene Erdnüsse
½ Gurke
250 g Hähnchenstreifen
½ Knoblauchzehe
Rapsöl
Frische Minze
½ Bund Koriander
Eisbergsalat

Zubereitung

Das zarte, untere Ende des Zitronengrases kleinhacken. Löse den Zucker im Saft der Limette, sowie der Fischsauce auf und gib anschließend alle bereits geschnittenen Zutaten hinzu. Die Erdnüsse, sowie die Minze und der Koriander werden ebenfalls zerkleinert und untergerührt. Knoblauch in einer Pfanne dünsten, dann das Fleisch dazugeben und gut durchbraten. Während das Fleisch abkühlt, die Gurke würfeln und zum Dressing geben. Salatblätter auf dem Teller verteilen und das Dressing, sowie die Hähnchenstreifen darüber geben.

Spinatsalat mit Kokos-Curry

Zutaten

1 Zwiebel
1 Knoblauchzehe
70 ml Gemüsebrühe
450 g gefrorener Blattspinat
1 Esslöffel Kokosflocken
100 g Joghurt
½ Teelöffel Currypulver
1 Messerspitze Salz
1 Messerspitze Pfeffer

Zubereitung

Schneide den Knoblauch und die Zwiebel klein und gib alles in einen Topf. Füge Gemüsebrühe und den Spinat dazu und warte, bis der Spinat aufgetaut ist. Währenddessen kannst du die Kokosflocken kurz anbraten und dann zur Seite stellen. Verrühre den Joghurt mit Currypulver, Salz und Pfeffer und würze anschließend ebenfalls den Spinat. Richte den Salat in kleinen Schalen an und verteile etwas von dem Dressing und den Kokosflocken darauf.

Cremiger Spitzkohl-Salat

Zutaten

½ kleiner Spitzkohl
1 Zwiebeln
½ Esslöffel Rapsöl
80 ml Sojasahne
50 ml Gemüsebrühe
Frischer Dill
½ Esslöffel Paprikapulver
1 Messerspitze Salz
1 Messerspitze Pfeffer

Zubereitung

Den Kohl in dünne Streifen schneiden und die Zwiebeln würfeln. Öl in eine Pfanne geben und die Zwiebeln kurz anbraten. Nach ein paar Minuten den Spitzkohl hinzufügen und mit der Sahne und der Gemüsebrühe ablöschen. Auf kleiner Flamme 10 Minuten köcheln lassen. Währenddessen den Dill zerkleinern und zum Schluss zusammen mit dem Paprikapulver, Salz und Pfeffer unterrühren.

Bunter Kartoffelsalat

Zutaten

200 g festgekochte Kartoffeln
½ Gurke
½ Paprika
1 Handvoll Rucola
½ Avocado
3 Gewürzgurken
3 Esslöffel Joghurt
1 Esslöffel Leinöl
50 g Feta (pasteurisiert)

Zubereitung

Die geschälten Kartoffeln kochen bis sie weich sind. In der Zwischenzeit die Salatgurke und die Paprika würfeln. Gewürzgurken in Streifen schneiden und die Avocado von der Schale und dem Kern befreien, bevor du auch sie würfelst. Joghurt, Öl und etwas vom Gewürzgurkenwasser vermengen. Das Dressing mit Salz und Pfeffer abschmecken. Die gekochten Kartoffeln schneiden und das restliche Gemüse, sowie den Rucola dazu geben. Zum Schluss den Salat mit Feta und Dressing anrichten.

Süßer Bohnen-Salat mit Rote Beete

Zutaten

250 g Rote Beete
½ Dose weiße Bohnen
½ Zitrone
Basilikum
1 Teelöffel Honig

Zubereitung

Schneide die rote Beete in mundgerechte Stücke und gebe sie in eine Salatschüssel. Hebe anschließend die gewaschenen Bohnen und das fein gehackte Basilikum unter. Als nächstes wird der Saft einer halben Zitrone mit Pfeffer, Salz und Honig verrührt und über den Salat gegeben.

Couscous-Auberginen-Salat

Zutaten

100 ml Gemüsebrühe
75 g Couscous
3 Esslöffel Olivenöl
1 Aubergine
1 Tomate
1 Paprika
Kreuzkümmel
1 Karotte
1 Dose Kichererbsen
1 Knoblauchzehe
½ Esslöffel Tahini
Eichblatt-Salat
½ Zitrone
1 Messerspitze Salz
1 Messerspitze Pfeffer

Zubereitung

Den Couscous 10 Minuten in heißer Gemüsebrühe ziehen lassen, bis er die Flüssigkeit aufgenommen hat. Wenn er abgekühlt ist, 1 Löffel Olivenöl und etwas von dem Zitronensaft unterrühren. Die Aubergine in 1 cm dicke Ringe schneiden und die Paprika würfeln. Das geschnittene Gemüse in Öl anbraten und mit Salz und Pfeffer würzen. Die geschälten Karotten mit einer Reibe zerkleinern und mit dem restlichen Zitronensaft und Olivenöl abschmecken. Die Kichererbsen abgießen und zusammen mit dem Knoblauch und dem Tahini im Mixer zu Hummus verarbeiten. Auch hier mit Pfeffer und Salz abschmecken und in einer kleinen Schale anrichten. Die Tomate würfeln, den Salat putzen und alle Zutaten in einer großen Salatschüssel vermengen.

Blumenkohlsalat

Zutaten

1 Blumenkohl
300 ml Wasser
1 Zwiebel
1 Ei
200 g Joghurt
2 Esslöffel Rapsöl
2 Esslöffel Essig
1 Teelöffel Zitronensaft
1 Teelöffel Currypulver
Etwas Schnittlauch

Zubereitung

Wasche den Blumenkohl und schneide ihn in kleine Röschen, die du für 7 Minuten bissfest kochst. Für das Dressing werden Essig, Öl, Joghurt, Zitronensaft, Salz, Pfeffer und Currypulver vermengt. Das Ei hart kochen und zusammen mit der Zwiebel kleinschneiden und ebenfalls unterrühren. Jetzt das Dressing über den abgekühlten Blumenkohl geben und etwas Schnittlauch darüber streuen.

Sommersalat mit Erdbeeren und Spargel

Zutaten

1 Kopfsalat
300 g grünen Spargel
300 g Erdbeeren
Parmesan am Stück
2 Esslöffel Balsamico-Essig
2 Esslöffel Olivenöl
Frische Minze

Zubereitung

Den Salat waschen, schleudern und erstmal auf die Seite stellen. Befreie den Spargel von den holzigen Enden und zerkleinere ihn in mundgerechte Stücke. Koche ihn anschließend für 5 Minuten und lasse ihn abkühlen. Entferne in der Zwischenzeit das Grün der Erdbeeren und würfe sie. Den Salat kleinschneiden und mit etwas Olivenöl, Balsamico-Essig und Minze anmachen. Vermenge den Spargel, den Salat und die Erdbeeren in einer großen Schüssel. Serviere den sommerlichen Salat mit frisch geriebenem, lang gereiftem Parmesan.

Linsen-Salat

Zutaten

100 g Quinoa
60 g Linsen
50 g tiefgekühlte Erbsen
1 Paprika
1 Zwiebel
100 g Grünkohl
2 Esslöffel Olivenöl
1 Teelöffel Ahornsirup
1 Esslöffel Tahini
½ Zitrone

Zubereitung

Quinoa und Linsen laut Packungsbeilage in zwei separaten Töpfen kochen. Danach die gefrorenen Erbsen zum Quinoa geben, damit diese auftauen. Den Kohl waschen, kleinschneiden und in eine Schüssel geben. Für das Dressing Olivenöl, Zitronensaft, Ahornsirup und Tahini vermengen. Zum Schluss die Zwiebel und die Paprika würfeln, alle Zutaten zusammengeben und mit Pfeffer und Salz würzen.

Hauptmahlzeiten

Fleischgerichte

Curryhuhn mit Reis

Zutaten

400 g Hühnerfleisch
½ Lauchstange
80 g Langkorn-Reis
1 Zwiebel
Ca. 370 g Wasser
1 (gestrichener) Esslöffel Mehl
½ Esslöffel Currypulver
1 Eigelb
2 Esslöffel Sahne
½ Teelöffel Salz
2 Esslöffel Olivenöl

Zubereitung

Hühnerfleisch mit Wasser in einem Topf zum Kochen bringen. Währenddessen die Zwiebel oben und unten vom Strunk befreien, halbieren und die angeschnittenen Flächen in einer Pfanne ohne Fett etwa unter einer Minute anrösten. Diese dann gleich mit dem Lauch und Salz zum Hühnerfleisch dazugeben. Nun etwa 45 Minuten kochen. Die Brühe dann durch das Sieb in zwei etwa gleich große Schüsseln verteilen. Das Hühnerfleisch in mundgerechte Portionen schneiden. Eine Hälfte der Hühnerbrühe in einen Topf geben und den Reis garkochen. Anschließend 1 Esslöffel Olivenöl in einer Pfanne erhitzen, das Mehl dazu mischen, den Rest der Brühe mit dem Currypulver, Eigelb und Sahne hineingeben und mit dem Schneebesen gut verrühren.
Nun den Reis anrichten, das Fleisch dazugeben und die Soße darüber verteilen.

Cremiges Hühnerfrikassee mit Spargel

Zutaten

1 kochfertiges Suppenhuhn
½ Bund Suppengrün
½ Dose Spargelabschnitte
800 g Wasser
2 gestrichener Esslöffel Mehl
½ Esslöffel Petersilie
1 Lorbeerblatt
2 Pfefferkörnchen
½ Zitrone
½ Teelöffel Salz
1 ½ Esslöffel Butter
100 g Sahnejoghurt

Zubereitung

Suppengrün waschen und grob zerkleinern. Wasser mit Suppengrün in einem Topf zum Kochen bringen. Das Huhn waschen und anschließend mit Pfefferkörnchen und Lorbeerblatt ins kochende Wasser geben. Etwa 1 ½ Stunden kochen lassen. Das Huhn nun herausnehmen, ggf. die Haut entfernen, das Fleisch von den Knochen lösen und kleinschneiden. Butter in einer Pfanne erhitzen und das Mehl darin etwa 1 Minute einrühren. Die Hühnerbrühe durchsieben und die Hälfte davon in die Pfanne zur Mehlschwitze rühren. Nun, nach etwa 8 Minuten kochen, den Spargel aus der Dose abtropfen lassen und mit dem Fleisch, der Sahne und Pfeffer in die Pfanne dazugeben. Die halbe Zitrone in die Soße auspressen und alles kurz verrühren.
Garniert mit der Petersilie servieren.

Orangenhähnchen

Zutaten

2 Hähnchenbrustfilets
1 Orange
2 Karotten
2 Rosmarinzweige
2 Esslöffel Olivenöl

1 Teelöffel Honig
4 Basilikumblätter
1 Messerspitze Salz, Pfeffer
1 Knoblauchzehe

Zubereitung

4 bis 5 dünne Streifen von der Orange schneiden. Karotten schälen und ebenfalls in dünne Scheibchen schneiden. Die restliche Orange auspressen. 2 Esslöffel Olivenöl in einer Pfanne erhitzen und die beiden Hähnchenbrustfilets mit Salz und Pfeffer beidseitig anbraten. Rosmarinzweige dazugeben und kurz weiterbraten. Den Inhalt der Pfanne zur Seite legen, stattdessen Karotten- und Orangenscheiben 4 bis 5 Minuten bei schwacher Hitze anbraten. Anschließend ausgepressten Orangensaft dazugeben und mit Salz, Pfeffer und Honig eine Minute erhitzen, dann in einen Schmortopf geben. Basilikumblätter waschen und Knoblauchzehe pressen. Gebratene Hähnchenbrustfilets, Rosmarinzweige, Basilikum und Knoblauch in den Schmortopf geben und bei 180 Grad Umluft etwa 20 Minuten im Ofen braten.

Hähnchen, Reis und Spinat

Zutaten

4 Hähnchenkeulen
110 g Spinatblätter
100 g Reis
1 Zwiebel
1 Knoblauchzehe

3 Esslöffel Olivenöl
150 ml Hühnerbrühe
½ Zitrone
1 Messerspitze Salz, Pfeffer

Zubereitung

Zwiebel schälen und in Streifen schneiden. Knoblauchzehe kleinhacken. Hähnchenkeulen mit Olivenöl, Salz und Pfeffer in einem Schmortopf von allen Seiten kross anbraten. Zwiebeln und Knoblauch dazugeben und 3 Minuten mitbraten. Nun die Hühnerbrühe eingießen und den Schmortopf im vorgeheizten Ofen ca. eine halbe Stunde bei 180 Grad Umluft braten. Nach 20 Minuten Spinatblätter waschen, die halbe Zitrone in Scheiben schneiden, in den Schmortopf geben und weiterbraten lassen. Währenddessen den Reis mit etwas Salz garkochen und anschließend mit dem Spinat und Hähnchenkeulen servieren.

Hähnchenbrust und Spargel

Zutaten

200 g Hähnchenbrustfilet
300 g Spargel
½ Bund Petersilie
120 g Kirschtomaten
2 Esslöffel Sahne oder Sahnejoghurt
½ Knoblauchzehe
3 Esslöffel Olivenöl
½ Teelöffel Currypulver
Je 1 Messerspitze Salz, Pfeffer

Zubereitung

Hähnchenbrust waschen, abtupfen und in kleine Stücke schneiden. Spargelenden abschneiden und den Spargel dann auch zerstückeln. Anschließend gründlich waschen und zur Seite legen. Knoblauch kleinschneiden. Hähnchenfleisch, Knoblauch und Curry vermischen, mit Olivenöl in einer Pfanne anbraten und schließlich auch Spargel dazugeben. Das Ganze etwa 4 Minuten zusammen braten. In der Zwischenzeit Tomaten gründlich waschen, halbieren und in die Pfanne geben. Petersilienblätter waschen, mit Salz und etwas Pfeffer zu den Zutaten einrühren und gleich servieren.

Hähnchenbrustfilets gefüllt mit Käse

Zutaten

2 Hähnchenbrustfilets, 100 g Feta
1 Handvoll Spinatblätter
6 Basilikumblätter
1 Esslöffel Mehl

½ Zwiebel, 1 Tomate
½ Knoblauchzehe
Je 1 Prise Salz, Pfeffer, Paprikapulver
50 g Butter, 1 Esslöffel Olivenöl

Zubereitung

Hähnchenbrustfilets an den Seiten einschneiden, sodass jeweils ein Beutel entsteht. Spinatblätter waschen und mit etwas Olivenöl anbraten bis sie einfallen. Spinat in eine Schüssel geben, Feta/Schafskäse hineinbröseln und vermischen. Zwiebel kleinschneiden und Knoblauchzehe pressen sowie kleinhacken. Nun Hähnchenbrust außen wie innen mit Salz und Pfeffer würzen, jeweils eine Hälfte des Knoblauchs in die Hähnchenbrust verteilen. Tomate in Scheiben schneiden und jeweils ein bis zwei Tomatenscheiben in die Hähnchenbrust-Beutel legen. Die Käse-Spinat-Mischung mit ein paar Zwiebelstücken in die Beutel verteilen, Basilikumblätter waschen und jeweils drei dazugeben. Mehl und Paprikapulver vermischen, die Hähnchenbrust-Beutel damit marinieren und in einer Pfanne mit Butter gut durchbraten. Zum Schluss übrige Zutaten Tomaten und Zwiebeln dazugeben, braten und alles ziehen lassen.

Fruchtiges Hähnchen

Zutaten

1 Brathähnchen, fertig gebraten
1 Mango
1 Banane
½ Zitrone
4 Esslöffel Mango-Soße aus dem Glas
100 g gehobelte Mandeln
Je 1 Messerspitze Salz, Pfeffer
2 Esslöffel Butter

Zubereitung

Ofen vorheizen auf 200 Grad. Das Hähnchen portionieren und im Ofen warm stellen. Die Mango schälen und in Würfel schneiden. Banane schälen und in dünne Scheiben schneiden. Die Butter in einer Pfanne erhitzen, gehobelte Mandeln dazugeben und anrösten. Anschließend eine Hälfte der Mango-Würfel, Bananenscheiben sowie den Saft aus der halben Zitrone in der Pfanne zusammen mit den Mandeln dünsten und nach etwa 2 Minuten auch die Mango-Soße eingießen. Etwa 5 Minuten bei mittlerer Hitze kochen. Nun das Hähnchen und die restlichen Mango-Würfel dazugeben, kurz in der Soße baden und sofort warm servieren.

Wraps mit Mango-Hähnchen-Füllung

Zutaten

1 Paprika
1 Karotte
2 Wraps
2 Esslöffel Mango-Aufstrich
100 g Hähnchenbrust-Aufschnitt

Zubereitung

Für die Wraps die Karotte schälen und mit einer Reibe in feine Stücke raspeln. Die Paprika in in hauchdünne Streifen schneiden. Wenn du magst, kannst du deinen Wrap im Ofen kurz erwärmen und dann mit dem Mango-Aufstrich bestreichen. Belege den Wrap mit Hähnchenbrust und dem Gemüse, bevor du ihn zusammenrollst und in der Mitte halbierst.

Kürbis-Creme mit Hähnchenstreifen

Zutaten

1 Hokkaido Kürbis
1 Zwiebel
2 Knoblauchzehen
Olivenöl
250 ml Wasser
2 Teelöffel Zucker
½ Becher Creme Fraîche
350 g Hähnchenstreifen

Zubereitung

Den Kürbis samt Schale grob würfeln, dann Zwiebeln und Knoblauch in feine Stücke schneiden und in einem Topf kurz anbraten. Anschließend den Kürbis dazu geben und mit etwas Olivenöl dünsten. Nach wenigen Minuten mit Wasser ablöschen und den Zucker darin auflösen. Nach etwa 15 Minuten ist der Kürbis weich, dann kommt die Creme Fraîche hinzu. Das Hähnchen in einer Pfanne gut durchbraten und mit Pfeffer und Salz würzen. Das Gemüse servieren und das Fleisch obendrauf platzieren.

Nudeln mit Hackbällchen

Zutaten

100 g Nudeln
120 g Rinderhack
1 Kartoffel
½ Zwiebel kleingehackt
1 Esslöffel Petersilie kleingehackt
3 Esslöffel Mehl
1 Ei
1 ½ Esslöffel Olivenöl
100 ml passierte Tomaten
3 kleine Basilikumblätter
Frisch geriebener Parmesan
Je 1 Messerspitze Salz, Pfeffer

Zubereitung

Nudeln in einem Topf mit Salzwasser garkochen. Kartoffel schälen, in einem weiteren Topf mit etwas Salz garkochen und anschließend zerstampfen. Kartoffelmus nun mit Ei, Zwiebel, Hackfleisch und Petersilie gewürzt mit Salz und Pfeffer gut vermischen. Aus dem Hack kleine, gleichgroße Bällchen formen und mit ein wenig Mehl marinieren. Die Hackbällchen dann mit dem Olivenöl in einer Pfanne gut durchbraten. Passierte Tomaten dazugeben und 10 Minuten weiterkochen. Gargekochte Nudeln abgießen, mit den Hackbällchen in der Pfanne weitere 3 Minuten kochen und anschließend mit Basilikum sowie Parmesan abgeschmeckt servieren.

Saftiger Fleischbällchen-Auflauf

Zutaten

2 Knoblauchzehen
1 Esslöffel Zitrone
500 g Hackfleisch
1 Ei
3 Esslöffel Semmelbrösel
4 Esslöffel Olivenöl
2 Zwiebeln
1 Teelöffel Tomatenmark
500 g passierte Tomaten
350 g Vollkornnudeln
1 Teelöffel Basilikum
80 g Mozzarella (pasteurisiert)
1 Teelöffel Oregano
Je 1 Messerspitze Salz und Pfeffer

Zubereitung

Für die Fleischbällchen eine Knoblauchzehe fein hacken, Fleisch, Zitronensaft, ein Ei, die Semmelbrösel und Oregano dazugeben. Das Fleisch mit Salz und Pfeffer würzen und mit den Händen zu kleinen Kügelchen formen, die du mit etwas Öl in einer Pfanne brätst, bis die Hackbällchen komplett gar sind. Für die Sauce die zweite Knoblauchzehe zerkleinern und anbraten. Jetzt das Tomatenmark und die Tomaten unterrühren. Würze die Sauce mit Salz, Pfeffer und Basilikum, bevor du sie für 15 Minuten auf mittlerer Hitze köcheln lässt. Währenddessen die Nudeln laut Packungsanweisung al dente kochen und dann zusammen mit den Hackbällchen und der Sauce in eine ofenfeste Form geben. Zum Schluss den Auflauf mit pasteurisiertem Mozzarella belegen und bei 180 Grad für 20 Minuten in den Ofen stellen.

Pfannkuchen-Röllchen

Zutaten

100 g Vollkornmehl
100 ml Milch
100 ml Sprudelwasser
1 Ei
2 Hähnchenbrust-Streifen
2 Teelöffel Rapsöl
100 g gefrorene Erbsen
Kopfsalat
Frisches Basilikum
125 g Magerquark
Je 1 Messerspitze Salz, Pfeffer, Paprikapulver
1 Esslöffel Sesam

Zubereitung

Aus Milch, Mehl, Wasser, Salz und Ei den Teig für die Pfannkuchen zubereiten. Alles mit einem Schneebesen verrühren und ein paar Minuten ruhen lassen. Währenddessen das Fleisch in dünnen Streifen mit Öl goldbraun anbraten. Die Erbsen in kochendem Wasser auftauen lassen und abgießen. Frische Basilikum-Blätter zerkleinern und mit in den Quark geben, zusammen mit Pfeffer, Salz und etwas Paprikapulver. Den Teig löffelweise in eine Pfanne geben, Sesam darüber geben und von beiden Seiten backen. Den Pfannkuchen auf einem Teller mit Quark bestreichen, dann mit Erbsen, gewaschenem Salat und den Hähnchenstreifen belegen.

Gegrillte Fleisch-Spieße mit grünem Spargel

Zutaten

300 g Rinderfilet
½ Teelöffel scharfes Paprikapulver
1 Prise Chili
3 Esslöffel Olivenöl
½ Granatapfel
1 Esslöffel Kürbiskerne
1 Zucchini
300 g grüner Spargel

Zubereitung

Das Fleisch in kleine Stückchen schneiden und aufspießen. Danach Paprikapulver und Chili zum Olivenöl geben. Die Spieße anschließend damit marinieren und für 1-2 Stunden in den Kühlschrank stellen zum Einziehen. Die Granatapfel-Kerne durch Klopfen lösen und die Frucht danach auspressen. Den Saft so lange köcheln lassen, bis er etwas dickflüssiger wird, erst dann Salz, Pfeffer und etwas Olivenöl unterrühren. Die Kürbiskerne kurz in einer Pfanne rösten und abkühlen lassen. Zucchini und Spargel in längliche dünne Streifen schneiden und auf den Grill legen. Das fertige Gemüse zum Granatapfel-Saft geben und nun die gewürzten Spieße grillen, bis das Fleisch nicht mehr roh ist. Gemüse und Fleisch anrichten und mit den Kürbiskernen und Granatapfel-Kernen garnieren.

Gemüse-Pfanne mit Pute und Feta

Zutaten

1 Esslöffel Olivenöl
200 g Putenfleisch
1 Zwiebel
1 Knoblauchzehe
Paprikapulver
1 Esslöffel Tomatenmark
1 Paprika
1 kleine Zucchini
150 ml Gemüsebrühe
100 g Feta (pasteurisiert)

Zubereitung

Das Fleisch kleinschneiden und in Öl knusprig anbraten. Die Zwiebeln und den Knoblauch würfeln und mit in die Pfanne geben. Im nächsten Schritt Paprikapulver, Tomatenmark, sowie das Gemüse mit anbraten. Nach ein paar Minuten die Gemüsebrühe dazu geben und für 10 Minuten köcheln lassen. Zum Schluss den Feta darüber streuen und schmelzen lassen. Nach Bedarf mit Pfeffer und Salz abschmecken

Paprika-Reispfanne

Zutaten

100 g Reis
150 g Putenbrust-Streifen
1 Zwiebel
1 Knoblauchzehe
1 Zucchini
1 Paprika
3 Tomaten
1 Esslöffel Rapsöl
½ Teelöffel Currypulver
125 ml Gemüsebrühe
Je 1 Messerspitze Salz, Pfeffer

Zubereitung

Während du den Reis kochst, die Zwiebel und den Knoblauch in feine Stücke würfeln. Im Anschluss Zucchini, Tomaten und Paprika kleinschneiden. Das Putenfleisch in einer Pfanne mit etwas Öl anbraten, nach und nach Zwiebeln, Knoblauch und Gemüse hinzugeben. Mit der Gemüsebrühe ablöschen für 10 Minuten auf kleiner Stufe köcheln lassen. Zum Schluss mit Currypulver würzen.

Polenta und Hähnchen in Sesam-Sauce

Zutaten

2 Hühnerbrustfilets
Je ½ Teelöffel Koriander, Rosmarin
Je ½ Teelöffel Olivenöl, Thymian
2 Esslöffel Sesam
250 ml Gemüsefond

500 ml Wasser
150 g Maisgrieß
40 g Pflanzenmargarine
2 Esslöffel Sahne
600 g Brokkoli

Zubereitung

Das Fleisch mit Koriander, Rosmarin, Salz, Pfeffer und Thymian marinieren und anbraten. Wichtig: Den Saft für die Sauce aufbewahren. Im Anschluss das Hähnchen bei 180 Grad Umluft für 15 Minuten im Ofen fertig garen. Für die Sauce Sesam leicht anbraten und mit dem Gemüsefond und der übrigen Bratensauce aufkochen. Das Wasser mit der Margarine zum Kochen bringen und den Grieß einrühren. Nach etwa 10 Minuten ist die Flüssigkeit eingezogen, weitere 10 Minuten ziehen lassen und dann die Sahne dazu geben. Die Brokkoli-Röschen in Salzwasser für 15 Minuten dämpfen. Das Hähnchen aus dem Ofen nehmen, dazu Brokkoli und die Polenta anrichten und etwas Sauce darüber geben.

Rouladen mit Feigen-Füllung

Zutaten

30 g getrocknete Feigen
1 große Zwiebel
2 Esslöffel Olivenöl
Je 1 Messerspitze Salz, Pfeffer
2 Stangen Staudensellerie
1 Karotte
2 Tomaten
2 dünne Rumpsteaks
250 ml Gemüsebrühe

Zubereitung

Zwiebeln und Feigen kleinschneiden, in etwas Öl anbraten und würzen. Die Karotte schälen und zusammen mit dem Sellerie und den Tomaten in kleine Stücke schneiden. Die angebratenen Feigen auf dem Fleisch verteilen, einrollen und mit Spießen befestigen. In einer Pfanne die Rouladen braten, in einer weiteren Pfanne das Gemüse dünsten und mit Gemüsebrühe ablöschen. Die Rouladen ebenfalls in die Pfanne mit dem Gemüse geben und für weitere 5-10 Minuten köcheln lassen.

Spaghetti Bolognese

Zutaten

200 g Vollkornspaghetti
1 Dose gehackte Tomaten
100 g Hackfleisch
½ Becher Sahne
½ Teelöffel Basilikum
Parmesan
Je 1 Messerspitze Salz, Pfeffer

Zubereitung

Die Nudeln nach Packungsanleitung kochen und währenddessen das Hackfleisch in Öl scharf anbraten. Für die Sauce die Tomaten kleinschneiden und die gehackten Tomaten zum Fleisch dazu geben. Sahne unterrühren und mit Pfeffer, Salz und Basilikum abschmecken. Für weiter 10 Minuten köcheln lassen, anrichten und mit frisch geriebenem Parmesan ohne Rinde servieren.

Paprika mit Hackfleisch-Füllung

Zutaten

2 Paprika
1 Zwiebel
500 g Hackfleisch
1 Tasse Vollkornreis
2 Tassen Gemüsebrühe
Parmesan am Stück
½ Teelöffel Paprikapulver
1 Esslöffel Olivenöl

Zubereitung

Die Zwiebel würfeln und in etwas Öl dünsten. Sobald sie glasig sind, kannst du das Hackfleisch hinzugeben, würzen und gut durchbraten. Den Reis in der Gemüsebrühe für 20 Minuten köcheln lassen. Wenn das Fleisch und der Reis gar sind, die Paprika aushöhlen und in eine ofenfeste Form stellen. Befülle sie schichtweise mit Hackfleisch, frisch geriebenem Parmesankäse und Reis. Schließe die Paprika mit einer Schicht Käse ab und überbacke sie für 20 Minuten bei 175 Grad im Ofen.

Hähnchen mit Zitronen-Marinade

Zutaten

2 Hähnchenbrustfilets
2 Esslöffel Olivenöl
½ Bio-Zitrone
1 Feta (pasteurisiert)
1 Tasse Reis
2 Tassen Gemüsebrühe

Zubereitung

Zunächst den Reis für 20 Minuten in der Gemüsebrühe köcheln lassen. Währenddessen das Fleisch mit Olivenöl, Salz, Pfeffer, und dem Saft der ausgepressten Zitrone marinieren und in einer ofenfesten Form 10 Minuten einziehen lassen. Den Feta über dem Hähnchen verteilen und etwas von der Zitronenschale darüber streuen. Die Auflaufform für mindestens 20 Minuten in den Ofen geben. Sobald das Fleisch gar ist zusammen mit dem Reis servieren.

Hauptmahlzeiten

Fischgerichte

Gebratener Lachs mit Orangen-Kartoffelsalat

Zutaten

500 g Kartoffeln
1 Blumenkohl
Jodsalz
1 Orange
2 Lachsfilets
5 Esslöffel Rapsöl
3 Esslöffel Senf
Pfeffer

Zubereitung

Für den Salat die Kartoffeln schälen und weichkochen. Die Blumenkohl-Röschen kleinschneiden und für 10 Minuten in etwas Wasser köcheln lassen, sodass sie noch knackig sind. Den Blumenkohl abschöpfen und die Flüssigkeit aufheben. Mit Hilfe einer Saftpresse die Orange auspressen. Einen Teelöffel davon zusammen mit etwas Jodsalz auf den rohen Lachs geben. Öl, Senf, Pfeffer, Salz und den restlichen Orangensaft zu 100 ml der übrigen Blumenkohl-Flüssigkeit geben und verrühren. Die Kartoffeln nach dem Kochen etwas abkühlen lassen, in Scheiben schneiden und zusammen mit dem Blumenkohl unter das Dressing heben. Den Lachs in Öl anbraten und zum Kartoffelsalat servieren.

Auflauf mit Lachs und Sellerie

Zutaten

2 Standen Staudensellerie
2 Lachsfilets
20 g Pflanzenmargarine
3 Esslöffel Vollkornmehl
150 ml Milch
1 Esslöffel Zitronensaft
Etwas Dill
1 Messerspitze Salz, Pfeffer
60 g Gouda am Stück

Zubereitung

Den Sellerie waschen und in Stücke schneiden. Anschließend in einem Topf für 5 Minuten kochen, abschöpfen und 150 ml des Wassers zur Seite stellen. Die Margarine in einer Pfanne zerlaufen lassen, Mehl dazu geben und mit einem Schneebesen die Milch unterrühren. Jetzt die 150 ml des Kochwassers zufügen, aufkochen und mit Zitrone, Dill, Salz und Pfeffer abschmecken. Den Gouda ohne Rinde reiben und in der Sauce schmelzen lassen. Zum Schluss den Sellerie und den Lachs unterheben, alles in eine ofenfeste Form geben und für 20 Minuten bei 180 Grad backen.

Buddha Bowl mit Seelachs und Avocado

Zutaten

½ Tasse Vollkornreis
1 Tasse Wasser
1 Tomate
1 Avocado
2 frische oder tiefgekühlter Seelachs
100 g saure Sahne
2 Esslöffel grünes Pesto
1 Esslöffel Sahnemeerrettich
1 Esslöffel Zitronensaft
Je 1 Esslöffel Kürbiskerne, Sonnenblumenkerne
Je 1 Messerspitze Salz, Pfeffer

Zubereitung

Den Reis zusammen mit dem Wasser in einen Topf geben und für 20 Minuten köcheln lassen, bis der Reis bissfest ist. Das Fruchtfleisch der Avocado und die Tomate in dünne Scheiben schneiden. Für die Sauce Pesto, Sahnemeerrettich, Salz, Pfeffer und Zitronensaft zur Sahne geben. Fisch in der Pfanne mit Salz und Pfeffer gar braten. Den fertigen Reis in einer Schüssel anrichten, Fisch, Tomate und Avocado darauf verteilen und die Sauce darüber geben. Mit Sonnenblumen- und Kürbiskernen servieren.

Lachs mit Orangen-Fenchel-Salat

Zutaten

1 kleiner Fenchel
1 Orange
2 Esslöffel Olivenöl
1 Esslöffel Rapsöl
2 Lachsfilets
½ Tasse Vollkornreis
1 Tasse Wasser
Je 1 Messerspitze Salz, Pfeffer

Zubereitung

Den Reis mit dem Wasser nach Packungsanleitung bissfest kochen. Währenddessen den Fenchel säubern und kleinschneiden. Das Fruchtfleisch der Orange aus der Haut lösen und zusammen mit dem Fenchel, Olivenöl, Salz und Pfeffer in eine Salatschüssel füllen. Den Fisch in etwas Öl gut durchbraten und mit Pfeffer und Salz würzen. Den Reis zusammen mit dem Fisch und dem Salat anrichten.

Lachsspieße

Zutaten

1 rote Paprika
400 g Spargel
3 Frühlingszwiebeln
2 Esslöffel Rapsöl
1 Teelöffel Zucker
2 Lachsfilets
1 Teelöffel Zitronensaft
100 g Joghurt
1 Knoblauchzehe

Zubereitung

Den Spargel schälen, kleinschneiden und für 5 Minuten in etwas Öl unter großer Flamme anbraten. Salz, Pfeffer und Zucker dazugeben. Die Paprika und die Frühlingszwiebeln ebenfalls würfeln, zu den Spargeln hinzufügen und kurz andünsten. Den Fisch in dünne Streifen schneiden und aufrollen. Die Röllchen mit Holzstäben aufspießen und mit Salz und Pfeffer würzen. In einer Pfanne mit Öl anbraten, bis der Lachs nicht mehr roh ist. Für den Dip 1 Knoblauchzehe pressen und mit dem Joghurt und dem Zitronensaft verrühren. Das Gemüse in eine Schüssel füllen und die Lachsspieße auf einer Platte servieren.

Saftiger Lachs mit grünem Spargel

Zutaten

2 Lachsfilets
500 g grüner Spargel
Je 1 Messerspitze Salz, Pfeffer, Zucker
1 Esslöffel Rapsöl

1 Zwiebel
125 g Sahne
½ Teelöffel Cayennepfeffer
Schnittlauch

Zubereitung

Die holzigen Enden des Spargels entfernen und die Spitzen in Wasser mit etwas Salz und Zucker für 15 Minuten kochen. In der Zwischenzeit die Zwiebel würfeln und mit etwas Öl in einer Pfanne dünsten. Sahne dazugeben, auf mittlerer Hitze cremig werden lassen und mit Cayennepfeffer und Salz würzen. Schnittlauch kleinschneiden und mit der Sauce verrühren. Den Fisch würzen und in der Sahnesauce für mindestens 10 Minuten garen. Den Spargel mit der Lachs-Sahne-Sauce servieren und mit etwas frischem Schnittlauch bestreuen.

Gemüsepfanne mit Wolfsbarsch

Zutaten

2 Wolfbarschfilets
2 große Kartoffeln
1 Zucchini
1 Esslöffel Olivenöl
150 g frische Rote Beete
Frisches Basilikum
Je 1 Messerspitze Salz, Pfeffer

Zubereitung

Die geschälten Kartoffeln und Rote Beete-Knollen zusammen mit der Zucchini würfeln. Olivenöl in eine Pfanne geben und die Kartoffeln für 5 Minuten anbraten, bevor du das restliche Gemüse dazu gibst. Für weitere 5 Minuten auf mittlerer Flamme dünsten. Den Fisch in eine Auflaufform geben, würzen und den Ofen auf 180 Grad vorheizen. Basilikum zerkleinern, unter das Gemüse mischen und alles in eine zweite ofenfeste Form geben. Nach 20 Minuten Gemüse und Fisch aus dem Backofen holen und servieren.

Lachs mit Babyspinat und Süßkartoffelchips

Zutaten

1 mittlere Süßkartoffel
1 Esslöffel Rapsöl und 4 Esslöffel Olivenöl
1 Teelöffel Chilipulver
2 Paprika
Babyspinat
2 Lachsfilets
2 Esslöffel Essig
½ Zitrone

Zubereitung

Für die Chips die geschälte Süßkartoffel in feine Scheiben schneiden und mit Öl in einer Pfanne anbraten. Die fertigen Chips salzen und warmhalten. Die Paprika würfeln und den Salat putzen. Den Fisch würzen und knusprig anbraten. Gegen Ende die Paprika dazu geben und etwas dünsten. Aus Olivenöl, Essig, dem Saft der Zitrone, Chilipulver, Salz und Pfeffer das Dressing zubereiten. Etwas Babyspinat auf den Teller geben und darauf den Fisch, die Chips und die Paprika verteilen. Zum Schluss etwas Dressing darüber verteilen.

Kabeljau mit Kartoffeln und Meerrettich

Zutaten

2 Kabeljaufilets
200 g kleine Kartoffeln
1 Esslöffel Butter
1 Esslöffel Olivenöl
1 Zitrone
1 Esslöffel frisch geriebener Meerrettich
1 Teelöffel Senf
1 Teelöffel Sahne
½ Esslöffel gehackte Petersilie
Je 1 Prise Salz, Pfeffer, Zucker

Zubereitung

Die Kartoffeln schälen und anschließend ca. 6 Minuten in einem Topf mit gesalzenem Wasser kochen. Olivenöl in einer Pfanne erhitzen, die Kartoffeln darin von allen Seiten braten und kurz zur Seite legen. Kabeljaufilets von der Haut befreien und in der Pfanne mit Butter beidseitig anbraten. Zitrone waschen und die Hälfte davon in dünne Scheiben schneiden. Nun eine Auflaufform mit weicher Butter bestreichen, Kabeljaufilets hineingeben und die Zitronenscheiben auf die Filets verteilen. Diese auch mit ½ Teelöffel Senf bestreichen und im vorheizten Ofen bei 200 Grad etwa 15 Minuten backen zwischendurch etwas Wasser in die Auflaufform gießen. Dann Kartoffeln hinzugeben und 4 weitere Minuten im Ofen lassen. In einer kleinen Schüssel Sahne, den Rest von dem Senf, Zitronensaft aus der Zitronenhälfte, Salz, Pfeffer und Zucker vermischen. Auf Tellern anrichten, die Soße darüber verteilen, mit Meerrettich und Petersilie beträufeln und servieren.

Fisch-Curry

Zutaten

2 Kabeljaufilets
Je 1 Zwiebel, Tomate
220 ml Wasser
½ Knoblauchzehe
2 Esslöffel Olivenöl
1 Teelöffel Currypaste
1 Teelöffel frisch gehackte Korianderblätter
Je 1 Messerspitze Salz, Pfeffer, Prise Chilipulver
½ Esslöffel Zitronensaft

Zubereitung

Kabeljau in einer Pfanne mit 1 Esslöffel Olivenöl beidseitig durchbraten und mit Salz und Pfeffer bestreuen. Den Fisch aus der Pfanne nehmen, auf Küchenpapier legen und kurz ruhen lassen. Zwiebel und Knoblauchzehe schälen und kleinhacken. Die Tomate waschen und ebenfalls kleinhacken. Währenddessen in einer kleinen Schüssel Currypaste, Zwiebeln, Tomaten, Knoblauch, Zitronensaft und dem Rest Olivenöl gut vermischen. Diese Masse kurz in der noch öligen Pfanne anrösten, den Fisch noch einmal hineingeben, wenden und gleich danach mit Wasser ablöschen. Bei mittlerer Hitze etwa 15 Minuten abgedeckt kochen. Zum Schluss garniert mit den gehackten Korianderblättern servieren.

Karpfen mit Kräuterbutter

Zutaten

2 Karpfenfilets
2 Esslöffel Butter
1 ½ Esslöffel frisch gehackte Kräuter: Schnittlauch, Petersilie, Basilikum, Dill
1 Zitrone
Je 1 Messerspitze Salz, Pfeffer

Zubereitung

Heize den Ofen zunächst einmal auf 200 Grad vor. Zitrone halbieren und eine Hälfte in dünne Scheiben schneiden. Dann die Karpfenfilets mit Salz und Pfeffer würzen, mit etwas Butter auf einen mit Backpapier belegten Backblech oder feuerfeste Form legen, jeweils eine Zitronenscheibe drauflegen und im Ofen etwa 15 Minuten backen. Währenddessen die restliche Butter zerlassen und mit den Kräutern sowie Zitronensaft vermischen. Zum Schluss die Karpfenfilets aus dem Ofen nehmen, anrichten und mit der Kräuterbutter großzügig beträufeln.

Der langsame Lachs

Zutaten

2 Lachsfilets, ohne Haus
1 Lauchstange
30 ml Fischfond
3 Esslöffel Butter
½ Zitrone
1 Esslöffel Senf

½ Teelöffel geriebene Muskatnuss
Ca. 1 – 2 Esslöffel verschiedene Kräuter (Dill, Petersilie, Estragon, Basilikum) feingehackt
Je 1 Messerspitze Salz, Pfeffer

Zubereitung

Zunächst einmal den Lauch waschen, vom Strunk befreien, das grüne Ende wegschneiden und längs halbieren sowie vierteln. In einer Pfanne den Lauch mit 1 Esslöffel Butter kurz andünsten und anschließend den Fischfond dazugeben. Ein wenig weiterkochen, aber der Lauch sollte noch etwas fest sein. Mit Salz, Pfeffer und Muskatnuss würzen, vom Herd nehmen und beiseite legen. Restliche Butter schaumig schlagen, Kräuter hinzufügen und vermischen. Die Mischung dann in den Kühlschrank legen. Die Lachsfilets mit Salz und Pfeffer würzen. Darüber die halbe Zitrone auspressen und ein paar Minuten einziehen lassen. Den Lauch mit dem Fischfond in eine Auflaufform geben, Lachsfilets hineinlegen und Kräuterbutterstücke in der Form verteilen. Anschließend in den Ofen geben und bei 90 Grad etwa 40 Minuten garen.

Pizza mit Lachs

Zutaten

250 g Mehl, Type 405
Ca. 150 – 200 ml Wasser
5 g frische Hefe
2 Esslöffel Olivenöl, 1 Ei
Salz, Pfeffer, Zucker

Je 150 g Lachsfilet, Gouda
½ Handvoll Korianderblätter
2 Frühlingszwiebeln
200 g Sauerrahm
5 Kirschtomaten

Zubereitung

In einer großen Schüssel die Hefe in lauwarmem Wasser und etwas Mehl so vermischen, dass von der Hefe keine Klümpchen übrig bleiben. 10 Minuten ruhen lassen, dann das restliche Mehl, Salz, Olivenöl und das Ei in die Schüssel geben und zu einem glatten Teig kneten. Die Schüssel abdecken und etwa eine halbe Stunde ruhen lassen. Das Lachsfilet in möglichst sehr dünne Scheiben schneiden und mit etwas Salz, Pfeffer und Olivenöl marinieren. Nun die Frühlingszwiebeln waschen und in dünne Scheiben schneiden. Tomaten ebenfalls waschen und halbieren. Den Sauerrahm mit Salz und einer Prise Zucker abschmecken. Nun den Gouda reiben, den Teig in zwei Portionen aufteilen und sie ausrollen zu zwei Pizzen. Lasse diese nochmal etwa 10 Minuten abgedeckt ruhen und heize den Ofen vor auf 200 Grad. Die Pizzen anschließend mit dem Sauerrahm bestreichen, Frühlingszwiebeln, Lachs, Tomaten und Gouda darauf verteilen und im Ofen etwa 15 Minuten backen. Wenn alles gar geworden ist, herausnehmen und mit Koriander garniert servieren.

Cremiger Wolfsbarsch-Ragout

Zutaten

400 g Wolfsbarsch, ohne Haut
½ Zwiebel
1 Karotte
150 g Kartoffeln
250 ml Gemüsebrühe
100 g Sahne

Zitronensaft aus ½ Zitrone
150 g Brokkoli
½ Bund Dill
Salz, Pfeffer
1 Esslöffel Butter

Zubereitung

Zwiebel schälen, kleinschneiden und mit Butter in einem Topf glasig braten. Karotte schälen, in Scheiben schneiden, in den Topf mit der Gemüsebrühe geben und weiterkochen. Nun mit Salz und Pfeffer abschmecken, Sahne eingießen und 15 Minuten kochen. Währenddessen den Fisch waschen, mit Küchenpapier abtupfen, in Würfel schneiden und mit Salz, Pfeffer sowie Zitronensaft einreiben. Den Fisch in den Topf geben und bei mittlerer Temperatur etwa 10 Minuten garkochen. Den Dill waschen, abtropfen, die Fähnchen von den Stielen lösen und fein hacken. Den Dill noch während der 10 Minuten Kochzeit in das Ragout geben und verrühren. Wenn der Fisch gargekocht ist, vom Herd nehmen und optional mit etwas Weißbrot servieren.

Gebratene Calamari mit Dip

Zutaten

200 g Calamari-Ringe
2 Knoblauchzehen
2 El Olivenöl
Salz, Pfeffer
50 g Kräuter-Frischkäse
50 g Buttermilch
1 Zitrone
½ Esslöffel Dill
1 Esslöffel Mayonnaise (nur Mayonnaise verwenden, die nicht (!) aus rohen Eiern hergestellt wurden, sondern aus gekochten Eiern, Eipulver oder pasteurisierten Eiern)
Petersilienblätter zum Garnieren.

Zubereitung

Eine Knoblauchzehe schälen, pressen und feinhacken. Calamari in einer Pfanne mit Olivenöl und Knoblauch bei mittlerer Hitze ein paar Minuten garbraten. Mit Salz, Pfeffer und Zitronensaft aus einer halben Zitrone würzen und nach etwa einer halben Minute vom Herd nehmen. Für die Soße die zweite Knoblauchzehe schälen, sehr fein hacken und auch pressen. Nun in eine kleine Schüssel Frischkäse, Buttermilch, Mayonnaise (hergestellt aus gekochten Eiern, Eipulver oder pasteurisierten Eiern), den Saft aus der Zitronenhälfte sowie Dill geben und gut miteinander vermischen, bis daraus ein cremiger Dip entsteht. Zum Schluss garniert mit den gewaschenen Petersilienblättern servieren.

Mediterrane Suppe mit Fisch

Zutaten

250 g Seezunge, ohne Haut
120 g Nudelreis
Ca. 400 ml Wasser
½ Zwiebeln und ½ Stange Sellerie
2 ½ Esslöffel Tomatenmark
1 Esslöffel Olivenöl
½ Esslöffel frisch gehackte Petersilie
Salz, Pfeffer, ½ Zitrone

Zubereitung

Zwiebel schälen und in feine Stückchen schneiden. Halbe Selleriestange waschen und zunächst einmal längs, dann in kleine Stücke schneiden. Nun in einem Topf Olivenöl erhitzen, die Zwiebel glasig anbraten und dann gleich Tomatenmarkt, Sellerie und 1 Messerspitze Petersilie dazugeben. Etwa 5 Minuten bei mittlerer Hitze unter Rühren kochen. Anschließend die Hälfte des Wassers eingießen, einrühren und weiterkochen. Währenddessen Seezunge waschen, trockentupfen, in mundgerechte Portionen schneiden und in den Topf geben. Die Suppe ca. 15 Minuten kochen, dann die Fisch-Stücke mit dem Löffel herausnehmen und zur Seite legen. Das restliche Wasser mit dem Nudelreis, Salz und Pfeffer in den Topf gießen und weitere 15 Minuten abgedeckt köcheln. Von der Seezunge die Gräten rausziehen und mit der restlichen Petersilie in den Topf geben. Zum Schluss servieren mit einem Schuss Zitronensaft.

Hauptmahlzeiten

Vegetarische/vegane Gerichte

Italienischer Tomaten-Auflauf

Zutaten

300 g Tomaten
25 g eingelegte Tomaten
Basilikum
Oregano
125 g Mehl
2 Esslöffel Wasser
60 g Pflanzenmargarine
2 Eier
50 g Magerquark
50 g Crème fraîche
50 ml Sahne
Parmesan am Stück

Zubereitung

Verrühre 1 Ei zusammen mit dem Mehl, der Margarine und Wasser zu einem Teig. Für den Auflauf die eingelegten und die frischen Tomaten kleinschneiden und Basilikum und Oregano dazu geben. Crème fraîche, Quark, das Ei und die Sahne unter die Tomaten heben und mit Pfeffer und Salz abschmecken. Den Teig in eine ofenfeste Form drücken und die Tomaten-Quark-Füllung darauf verteilen. Den Auflauf mit frisch geriebenem Käse bestreuen und anschließend für 40 Minuten bei 180 Grad in den Ofen stellen. Den fertigen Auflauf mit frischen Basilikum-Blättern anrichten und servieren.

Quinoa-Bowl

Zutaten

70 g Quinoa
100 ml Gemüsebrühe
Petersilie
1 Tomate
1 Paprika
½ Zitrone
Salz
Pfeffer
1 Zucchini
50 g Zuckerschoten
2 Zwiebeln
1 Esslöffel Tomatenmark
1 Esslöffel Essig
1 Esslöffel Olivenöl
1/2 Teelöffel Paprikapulver

Zubereitung

Die Quinoa laut Packungsanleitung in der Gemüsebrühe weich kochen. Währenddessen Paprika und Tomate würfeln und die Petersilie kleinhacken. Das geschnittene Gemüse zur fertigen Quinoa geben und mit Zitronensaft, Salz, Pfeffer und Petersilie abschmecken. Jetzt Zuckerschoten, Zwiebel und Zucchini kleinwürfeln. Olivenöl, Essig, Tomatenmark, Paprikapulver, Salz und Pfeffer zu einem Dressing verrühren. Die Quinoa in eine Schale geben und darauf das Gemüse verteilen. Etwas Dressing drüber träufeln und servieren.

Gefüllte Zucchini mit Reisnudeln

Zutaten

2 Zucchini
2 Tomaten
1 Zwiebel
½ Feta-Block
50 g Reisnudeln
½ Teelöffel Thymian
½ Teelöffel Paprikapulver
150 ml Gemüsebrühe
1 Messerspitze Pfeffer
1 Messerspitze Jodsalz

Zubereitung

Halbiere die Zucchini und höhle sie mit einem Löffel aus. Das Fruchtfleisch zusammen mit den Tomaten und der Zwiebel kleinschneiden. Als nächstes die Zwiebel kurz anbraten und dann das restliche Gemüse dazugeben. Für 10 Minuten köcheln lassen und in der Zwischenzeit die Nudeln nach Packungsanweisung zubereiten. Die fertigen Reisnudeln mit in die Pfanne geben und würzen. Die ausgehöhlten Zucchini-Hälften mit dem Gemüse befüllen und Feta darüber bröseln. Für 20 Minuten bei 175 Grad in einer Auflaufform in den Ofen stellen und anschließend servieren.

Vegane Spätzle-Pfanne mit Seitan

Zutaten

250 g frische Pilze
200 g Seitan
1 Zwiebel
1 Esslöffel Rapsöl
200 ml Hafer-Cuisine
100 ml Gemüsebrühe
250 g Spätzle ohne Ei
Je 1 Messerspitze Salz, Pfeffer, Muskatnuss

Zubereitung

Schneide die Zwiebel klein und dünste sie mit etwas Öl in einer Pfanne an. Jetzt kannst du deine in Scheiben geschnittenen Pilze und Seitan-Streifen dazugeben und mit Gemüsebrühe und der Hafer-Cuisine ablöschen. Alles für 5 Minuten köcheln lassen und das Nudelwasser aufsetzen. Koche die Spätzle nach Packungsanleitung und hebe die fertigen Nudeln anschließend unter die Sauce. Zum Schluss mit Muskat, Pfeffer und Salz abschmecken und auf einem Teller anrichten.

Gemüse-Omelett mit Feta

Zutaten

50 ml Milch
4 Eier
100 g Kirschtomaten
1 Zucchini
1 Paprika
½ Aubergine
Babyspinat
1 Feta (pasteurisiert)
2 Esslöffel Olivenöl
Basilikum
Je 1 Messerspitze Jodsalz, Pfeffer

Zubereitung

Für das Omelett Eier und Milch aufschlagen und mit Salz und Pfeffer würzen. Paprika, Zucchini und Aubergine würfeln und mit Öl in einer Pfanne anbraten. Jetzt die Tomaten halbieren und ebenfalls kurz mit in die Pfanne geben. Das Gemüse zur Seite stellen und den Omelett-Teig in die Pfanne geben. Das fertige Ei auf einen Teller legen und mit dem Gemüse befüllen. Den Feta darüber bröseln, zusammenklappen und mit frischem Basilikum anrichten.

Fladenbrot-Pizza

Zutaten

1 Fladenbrot
100 g Brokkoli
1 Paprika
1 Zwiebel
60 g Mozzarella (pasteurisiert)
100 g passierte Tomaten
1 Knoblauchzehe
Frisches Basilikum
Je 1 Messerspitze Salz, Pfeffer

Zubereitung

Die Brokkoli-Röschen mundgerecht schneiden, danach Paprika, die Zwiebel und den Mozzarella würfeln. Knoblauch pressen und zu den passierten Tomaten geben. Die Sauce mit Pfeffer und Salz würzen und auf dem Fladenbrot verteilen. Gemüse und Mozzarella darüber geben und für 15 Minuten in den Ofen stellen. Die fertige Pizza zum Schluss mit frischem Basilikum bestreuen.

Gnocchi-Auflauf mit Brokkoli

Zutaten

1 Packung Gnocchi
250 g Brokkoli
1 Paprika
15 g Pflanzenmargarine
2 Esslöffel Mehl
250 ml Milch
Parmesan (am Stück)
Je 1 Messerspitze Salz, Pfeffer

Zubereitung

Brokkoli und Paprika waschen, kleinschneiden und den Brokkoli für 5 Minuten im Wasser kochen. Die Gnocchi laut Packungsanweisung kochen und währenddessen den Parmesan ohne Rinde fein reiben. Die Margarine in einem kleinen Topf zerlaufen lassen, Mehl dazu geben und nach kurzem Rühren mit der Milch ablöschen. Wenn keine Klümpchen mehr vorhanden sind, den Käse unterrühren und abschmecken. Alle Zutaten in eine ofenfeste Form geben und bei 200 Grad für 20 Minuten knusprig backen.

Spargel-Risotto

Zutaten

180 g Risotto
650 ml Gemüsebrühe
2 Esslöffel Olivenöl
1 Zwiebel
60 g Parmesan am Stück
½ Zitrone
400 g grüner Spargel
Je 1 Messerspitze Salz, Pfeffer

Zubereitung

Für das Risotto die Zwiebel würfeln und in etwas Öl anbraten. Den Reis dazu geben und nach wenigen Minuten mit der Gemüsebrühe aufgießen. Etwa 20 Minuten köcheln lassen, bis die Flüssigkeit eingezogen ist. Die Hälfte des Parmesans ohne Rinde reiben und mit dem fertigen Risotto vermengen. Den Saft der Zitrone, sowie Pfeffer und Salz hinzufügen. Den Spargel bis auf die holzigen Enden für 5 Minuten in einer Pfanne dünsten. Den Reis auf Teller servieren und das Gemüse darüber anrichten. Zum Schluss mit dem übrigen Parmesan bestreuen.

Gelbes Mandarinen-Kokos-Curry

Zutaten

1 Tasse Vollkornreis
2 Tassen Gemüsebrühe
250 g Mangold
1 Dose Mandarinen
2 Karotten
1 Knoblauchzehe
1 Esslöffel Rapsöl
1 Dose Kokosmilch
1 Teelöffel Currypulver
Sojasauce

Zubereitung

Den Reis für 20 Minuten in der Gemüsebrühe köcheln lassen, bis er die Flüssigkeit vollständig aufgenommen hat. Das Gemüse kleinschneiden und Knoblauch ganz fein würfeln. Karotten, Mangold, Inger und Knoblauch in Öl anbraten und Currypulver dazu geben. Mit Kokosmilch aufgießen, die Mandarinen unterrühren und kurz aufkochen. Zum Schluss mit etwas Sojasauce abschmecken und mit dem Reis servieren.

Feldsalat mit gebratenem Gemüse

Zutaten

1 Feldsalat
2 Frühlingszwiebeln
1 Karotte
10 Kirschtomaten
1 Paprika
Olivenöl
Dill
Schnittlauch
Je 1 Messerspitze Salz, Pfeffer

Zubereitung

Für den Salat Karotten, Paprika, Frühlingszwiebeln und Tomaten kleinschneiden und in etwas Öl kurz dünsten. In der Zwischenzeit den Feldsalat waschen, schleudern und in eine große Schüssel geben. Das fertige Gemüse darauf verteilen und alles mit Olivenöl, Pfeffer, Salz, Schnittlauch und Dill abschmecken.

Bunte Nudelpfanne

Zutaten

200 g Vollkornnudeln
1 kleiner Brokkoli
2 Paprika
250 g Kirschtomaten
½ Dose Mais
100 g gefrorene Erbsen
1 Knoblauchzehe
Olivenöl
½ Glas rotes Pesto
Je 1 Messerspitze Salz, Pfeffer

Zubereitung

Die Nudeln in Salzwasser bissfest kochen. Währenddessen die Brokkoli-Röschen und die Paprika kleinschneiden. Den Knoblauch pressen und zusammen mit dem Gemüse in etwas Öl 10 Minuten dünsten. Anschließend Erbsen, Tomaten und Mais unterrühren und würzen. Zum Schluss die fertigen Nudeln dazu geben und mit Pesto abschmecken.

Feta aus dem Ofen

Zutaten

1 Feta (pasteurisiert)
10 Kirschtomaten
1 Zwiebel
Olivenöl
1 Knoblauchzehe
Peperoni aus dem Glas
Oliven
Thymian
Pfeffer

Zubereitung

Etwas Olivenöl in eine ofenfeste Form geben und den Feta hineinlegen. Die halbierten Tomaten mit den Peperoni und den Oliven darauf verteilen. Schneide Zwiebeln und Knoblauch in feine Würfel und gib sie über den Feta. Mit etwas Olivenöl, Pfeffer und Thymian würzen und für 15 Minuten bei 200 Grad in den Ofen stellen.

Vegane Pilzpfanne

Zutaten

200 g Vollkornnudeln
300 g frische Pilze
1 Knoblauchzehe
2 Zwiebeln
½ Zitrone
Rapsöl
Petersilie
Je 1 Messerspitze Jodsalz, Pfeffer

Zubereitung

Die Enden der Pilze entfernen und in dünne Scheiben schneiden. Zwiebeln und Knoblauch in kleine Stücke würfeln und die Petersilie fein hacken. Während du die Nudeln in etwas Salzwasser bissfest kochst, kannst du etwas Öl in eine Pfanne geben und die Pilze mit den Zwiebeln und dem Knoblauch darin anbraten. Zum Schluss die fertigen Nudeln mit der Petersilie in die Pfanne geben, unterrühren und abschmecken.

Kichererbsen-Taler mit Joghurt-Dip

Zutaten

1 Zwiebel
1 Dose Kichererbsen
1 Teelöffel Paprikapulver
1 Karotte
150 g Naturjoghurt
2 Esslöffel Olivenöl
Je 1 Messerspitze Salz, Pfeffer

Zubereitung

Die Kichererbsen abgießen, mit Wasser abspielen und mit einem Stabmixer pürieren. Die Hälfte der gehackten Zwiebel zusammen mit Pfeffer, Salz und Paprikapulver unter den Kichererbsen-Teig heben. Für den Joghurt die Karotte fein raspeln und zu den übrigen Zwiebeln geben. Joghurt unterheben, abschmecken und ziehen lassen. Währenddessen den Teig zu kleinen Talern formen und in einer Pfanne mit etwas Öl knusprig anbraten. Die fertigen Falafel mit Joghurt anrichten und servieren.

Herzhafte Pfannkuchen mit Pilzen

Zutaten

100 g Mehl
2 Eier
80 ml Milch
250 g körniger Frischkäse
1 Zwiebel
250 g frische Pilze
Petersilie
Etwas Salz

Zubereitung

Das Mehl mit der Milch, dem Frischkäse und den Eiern vermengen und mit Salz und Pfeffer würzen. Den Pfannkuchenteig kurz stehen lassen und in der Zwischenzeit die Pilze würfeln. Im Anschluss die Petersilie und die Zwiebel zerkleinern. Beginne damit die Zwiebel in einer Pfanne anzubraten. Sobald diese glasig werden kannst du die Pilze dazugeben und anschwitzen. Nach ein paar Minuten den Teig ebenfalls unterrühren und warten bis die Unterseite braun ist. Jetzt umdrehen und in kleine Stücke zerteilen. Sobald der Teig komplett durch ist auf einem Teller servieren und mit Petersilie anrichten.

Reis mit Tofu

Zutaten

400 g Tofu
100 g Risottoreis
1 Esslöffel Mehl
Ca. 10 g Schnittlauch
2 Esslöffel Sesamöl
1 Esslöffel Olivenöl
2 Esslöffel Sojasoße
500 ml Gemüsefond
Salz, Pfeffer

Zubereitung

Den Reis in einem Topf mit Olivenöl erhitzen und unter Rühren ein paar Minuten anbraten. Gemüsefond nach und nach dazugeben, bis der Reis bei wenig Hitze gegart und die Flüssigkeit aufgenommen hat. Den Tofu etwa 1 cm breite Scheiben schneiden, mit Mehl marinieren und mit dem Sesamöl in einer Pfanne bei höherer Hitze etwa 5 Minuten beidseitig braun anbraten. Anschließend den Tofu aus der Pfanne nehmen und auf Küchenpapier oder Servietten legen, damit das überschüssige Fett aufgesaugt wird. Den Schnittlauch waschen und kleinschneiden. Anschließend Sojasoße mit Honig in einem Topf wenige Minuten zum Kochen bringen. Zum Schluss den Tofu mit Salz und Pfeffer würzen und mit dem Reis und der Sauce garniert mit Schnittlauch servieren.

Gefüllte Weinblätter

Zutaten

300 g Weinblätter
3 mittelgroße Zwiebeln
200 g Langkornreis
1 Zitrone
100 ml Olivenöl
2 Gläser Wasser
Salz, Pfeffer
1 Teelöffel Minze
1 Teelöffel Piment

Zubereitung

Weinblätter gründlich waschen, zur Seite legen und kurz abtropfen lassen. Zwiebeln schälen und kleinschneiden. In einem Topf etwa 70 ml Olivenöl erhitzen und die Zwiebeln darin etwas glasig anbraten. In einem zweiten Topf den Reis mit Wasser fast garkochen, dann gleich in den Topf mit den Zwiebeln geben und weiterbraten. Mit Salz, Pfeffer und Piment abschmecken und gut vermischen. Anschließend noch einmal 1 Glas Wasser hinzufügen und etwa 5 Minuten bei schwacher Hitze weiterkochen. Den Reis dann vom Herd nehmen und von den Weinblättern die Stiele abtrennen. In einem Topf den Boden mit einigen Weinblätter auskleiden. Anschließend die Weinblätter jeweils immer so auf dem Tisch ausbreiten, dass die Flächen mit den Adern nach oben zeigen. Je nach Größe der Blätter jeweils immer einen Löffel vom Reis in der Mitte platzieren, die Ränder zur Mitte hin hineinfalten und schließlich von unten nach oben einrollen. Die gefüllten Weinblätter gleich im Topf reihenweise neben- und aufeinander anordnen, 1 ½ Glas Wasser und das restliche Öl hineingeben, mit der Zitrone in Scheiben bedecken, Teller drüberlegen und etwa 30 Minuten kochen.

Spinat mit Ei

Zutaten

700 g frische Spinatblätter
4 Eier
1 mittelgroße Zwiebel
2 Stiele Petersilie
70 g Fetakäse aus pasteurisierter Milch
Etwas Muskatnuss
2 Esslöffel Olivenöl
Salz, Pfeffer

Zubereitung

Die Spinatblätter von den Stielen befreien, gründlich waschen und abtropfen lassen. Zwiebel schälen, kleinschneiden und in einer Pfanne mit Olivenöl glasig anrösten. Spinatblätter dazugeben und solange kochen, bis die Flüssigkeit der Blätter verdampft ist. Muskatnuss reiben und mit Salz und Pfeffer in die Pfanne geben. Nun auch den Käse zerbröselt zum Spinat einrühren, den Deckel auf die Pfanne legen und etwa 2 Minuten weiterkochen. Anschließend mit einem Löffel 4 Vertiefungen in den Spinat drücken, die Eier jeweils hineinschlagen, mit ein wenig Pfeffer und Salz würzen und abgedeckt bei mittlerer Hitze kochen bis die Eier fest geworden sind. Petersilie waschen, auf den Spinat beträufeln und servieren.

Nudeln mit Gemüse

Zutaten

150 g Vollkornnudeln
1 Möhre
70 g Knollensellerie
70 g Stangensellerie
½ Zwiebel
1 Knoblauchzehe
250 ml Gemüsebrühe
250 ml Tomatensaft
2 Esslöffel Olivenöl
40 g entsteinte, grüne Oliven
Salz, Pfeffer

Zubereitung

Das Gemüse gründlich waschen, schälen und entsprechend kleinschneiden. Knoblauchzehe pressen und kleinhacken. Olivenöl in einer Pfanne erhitzen und das Gemüse andünsten. Nudeln in einem Topf mit gesalzenem Wasser fast garkochen und anschließend zum Gemüse in die Pfanne geben. Oliven halbieren. Tomatensaft und Gemüsebrühe unter Rühren eingießen, mit Salz und Pfeffer abschmecken und etwa 30 Minuten schmoren. Dabei immer wieder verrühren.

Nudeln mit Spargel

Zutaten

500 g grüne Spargel
300 g Bandnudeln
6 Kirschtomaten
2 Teelöffel grüner Pfeffer aus dem Glas
1 Knoblauchzehe
½ Bund Kerbel
½ Zitrone
½ Bund Basilikum
4 Esslöffel Olivenöl
Salz

Zubereitung

Bandnudeln in einem Topf mit salzigem Wasser garkochen. Spargel waschen, die Enden abschneiden und in 3 Centimeter kurze Stücke schneiden. In einer Pfanne Olivenöl, 2 Esslöffel grünen Pfeffer, Knoblauch sowie Salz erhitzen und die Zitrone halb auspressen. Spargel hineingeben und ca. 5 Minuten bei hoher Hitze anbraten. Die Pfanne vom Herd nehmen, Kerbel waschen und die Blätter zu den Spargeln dazugeben. Die Bandnudeln abgießen, mit dem Spargel vermischen und Zitrone auspressen.

Hauptmahlzeiten

Reisgerichte

Brokkoli-Auflauf mit Reis

Zutaten

1 Tasse Vollkornreis
2 Tassen Gemüsebrühe
1 Brokkoli
1 Zwiebel
1 Knoblauchzehe
1 Esslöffel Rapsöl
1 Teelöffel Zitronensaft
1 Ei
2 Esslöffel Crème fraîche
Parmesan am Stück
Jodiertes Meersalz
Pfeffer

Zubereitung

Den Vollkornreis für 20 Minuten in der Gemüsebrühe köcheln lassen. Die Brokkoli-Röschen kleinschneiden und auch die Zwiebel und den Knoblauch zerkleinern. Alles mit etwas Öl in einer Pfanne anbraten und mit Zitrone, Salz und Pfeffer abschmecken. Das Eigelb mit dem frisch geriebenen Käse ohne Rinde und der Crème fraîche zum fertigen Reis geben. Schlage das Eiweiß steif und hebe es zusammen mit dem Brokkoli ebenfalls unter den Reis. Alles in eine ofenfeste Form füllen und etwas Parmesan darüber verteilen. Für 30 Minuten im Ofen bei 180 Grad backen und servieren.

Cremiger Tomaten-Paprika-Reis

Zutaten

400 g Tomaten
2 Paprika
1 Zwiebel
1 Esslöffel Rapsöl
500 g Gemüsebrühe
300 ml Milch
100 g Tomatenmark
2 Teelöffel Paprikagewürz
Pfeffer
350 g Vollkornreis

Zubereitung

Die Zwiebel und das restliche Gemüse in kleine Würfel schneiden und in einem großen Topf mit etwas Öl anbraten. Gib anschließend Paprikapulver, Pfeffer und Tomatenmark hinzu. Mit Gemüsebrühe und Milch ablöschen, aufkochen und den Reis in der Tomaten-Paprika-Sauce bissfest kochen.

Gebratener Beilagen-Reis

Zutaten

250 g Vollkornreis
500 ml Gemüsebrühe
Sojasauce
2 Esslöffel Rapsöl
Pfeffer
Paprikapulver

Zubereitung

Den Reis zunächst in der Gemüsebrühe 10 Minuten kochen, sodass er noch leicht fest ist. Anschließend mit etwas Öl und Sojasauce in eine Pfanne geben und für 10 Minuten goldbraun braten. Mit Paprikapulver und Pfeffer abschmecken.

Rote Paprika gefüllt mit Reis

Zutaten

2 rote Paprika
½ Zucchini
1 Knoblauchzehe
1 Zwiebel
½ Tasse Vollkornreis
1 Tasse Gemüsebrühe
3 Esslöffel Frischkäse mit Paprika
Jodsalz, Pfeffer
1 Teelöffel Paprikapulver

Zubereitung

Knoblauch und Zwiebel würfeln und in einem Topf mit etwas Öl anbraten. Schneide die Zucchini in kleine Stücke und dünste sie mit an. Den Reis mit der Gemüsebrühe ebenfalls in den Topf geben und für 20 Minuten köcheln lassen. Wenn die Flüssigkeit eingezogen ist, mit Frischkäse, Paprikapulver, Salz und Pfeffer abschmecken und damit die ausgehölten Paprika befüllen. Die Paprika in eine Auflaufform stellen und für 20 Minuten bei 180 Grad im Ofen backen.

Cremiges Risotto mit Lauch und Spinat

Zutaten

120 g Risotto-Reis
1 Liter Gemüsebrühe
1 Esslöffel Rapsöl
1 Knoblauchzehe
1 Lauch
100 g Babyspinat
100 ml Sahne
Salz
Pfeffer

Zubereitung

Schneide Lauch und Knoblauch klein und brate es in einem Topf kurz an. Füge den Reis hinzu und lösche alles mit der Gemüsebrühe ab. Für mindestens 20 Minuten köcheln lassen, so lange bis der Reis die Flüssigkeit aufgenommen hat. Sahne, Spinat, Salz und Pfeffer unterrühren und servieren.

Grüner Reis mit Pinien

Zutaten

1 Tasse Vollkornreis
2 Tassen Gemüsebrühe
300 gefrorener Spinat
2 Frühlingszwiebeln
1 Zwiebel
Petersilie
2 Esslöffel Pinienkerne
Jodsalz
Pfeffer

Zubereitung

Zwiebeln kleinschneiden und in Öl kurz anbraten. Den Reis und die Gemüsebrühe hinzufügen und für 20 Minuten köcheln lassen. Taue den Spinat in einem kleinen Topf auf und gib ihn zum Reis, wenn dieser die ganze Flüssigkeit aufgesogen hat. Jetzt auch die Frühlingszwiebeln, Pinienkerne und Petersilie unterheben und mit Pfeffer und Salz abschmecken.

Chili-Couscous-Pfanne

Zutaten

50 g Couscous
100 ml Gemüsebrühe
½ Dose Mais
½ Dose Kidney Bohnen
1 Esslöffel Rapsöl
1 Knoblauchzehe
1 Dose zerstückelte Tomaten
1 Zwiebel
1 Teelöffel Chilipulver
Salz
Pfeffer

Zubereitung

Koche die Gemüsebrühe auf und lasse den Couscous darin ziehen. Knoblauch und Zwiebel in kleine Würfel schneiden und mit Öl andünsten. Gib den Mais, die Bohnen und die Tomaten dazu. Würze alles mit Chili, Pfeffer und Salz und lass die Sauce für 5 Minuten köcheln. Hebe anschließend den fertigen Couscous unter.

Hähnchencurry-Reispfanne mit Ananas

Zutaten

2 Hähnchenbrustfilets
1 Esslöffel Rapsöl
1 Teelöffel Currypulver
1 Paprika
1 Ananas
1 Tasse Vollkornreis
2 Tassen Gemüsebrühe
Pfeffer
Salz

Zubereitung

Schneide das Fleisch in kleine Stücke und mariniere es mit Curry und etwas Öl. Die Ananas und die Paprika in kleine Würfel schneiden und Knoblauch ebenfalls fein hacken. Jetzt die Pfanne erhitzen und die Ananas leicht anbraten und beiseite stellen. Das Fleisch goldbraun durchbraten und dann die Paprika zufügen. Zum Schluss Ananas, Reis, Inger und Knoblauch unterrühren und abschmecken.

Cremiger Kokosreis mit Pak Choi

Zutaten

1 Tasse Vollkornreis
2 Tassen Gemüsebrühe
1 Esslöffel Olivenöl
1 Zwiebel
1 Knoblauchzehe
1 Pak Choi
Babyspinat
Jodsalz, Pfeffer
1 Dose Kokosmilch

Zubereitung

Koche den Reis in der Gemüsebrühe laut Packungsanweisung. Schneide die Zwiebel, den Knoblauch und den Pak Choi klein und brate alles in etwas Öl an. Füge zum Schluss eine Handvoll Spinat und die die Kokosmilch hinzu und lasse alles für 5 Minuten köcheln, bevor du den fertigen Reis unterrührst.

Schnelle Gemüse-Reispfanne

Zutaten

1 Packung gefrorenes Buttergemüse
2 Eier
½ Zitrone
1 Tasse Vollkornreis
2 Tassen Gemüsebrühe
Salz
Pfeffer

Zubereitung

Taue das Buttergemüse in einem kleinen Topf auf, während du den Reis in der Gemüsebrühe für 20 Minuten köcheln lässt. Gib den bissfesten Reis anschließend zum aufgetauten Gemüse und rühre die aufgeschlagenen Eier unter. Nimm den Topf vom Herd, sobald die Eier gestockt sind. Abschließend mit Zitronensaft, Pfeffer und Salz abschmecken und servieren.

Reis mit exotischen Früchten

Zutaten

100 g Reis
½ Zwiebel
250 ml Hühnerbrühe
Jeweils ca. 100 g Ananas und Mango
Kerne aus ½ Granatapfel
2 Esslöffel Kokosraspeln
1 Teelöffel Currypulver
Salz, Pfeffer, Koriandergewürz
1 Esslöffel Sesamöl
10 g Olivenöl

Zubereitung

Den Reis in einem Topf mit Salzwasser fast garkochen. Zwiebel schälen, kleinschneiden und in einer Pfanne mit Sesamöl anbraten. Reis und sämtliche Gewürze dazugeben, Hühnerbrühe unter Rühren eingießen und alles etwa 5 Minuten bei mittlerer Hitze kochen. Die Früchte in Stücke schneiden und mit den Granatapfelkernen zu dem Reis geben und verrühren. Etwa 5 Minuten weiterkochen. Die Reis-Mischung in eine Auflauf-Form geben und im Ofen ca. 5 Minuten bei 180 Grad braten. Währenddessen die Kokosraspeln mit der Butter in der Pfanne anrösten, den Reis aus dem Ofen nehmen, die Kokosraspel unterrühren und warm servieren.

Risotto mit Tomaten und Oliven

Zutaten

120 g Rundkornreis
2 Tomaten und 1 Zwiebel
2 Teelöffel Tomatenmark
Ca. 30 g grüne Oliven
1 Knoblauchzehe
250 ml Wasser
6 Blätter Basilikum
Salz, Pfeffer

Zubereitung

Tomaten waschen und in Stücke schneiden. Zwiebel und Knoblauch schälen, kleinhacken und mit Olivenöl erhitzen. Rundkornreis und Tomaten hineingeben und verrühren. Nun mit Salz würzen und das Tomatenmark beimischen. Nach etwa 2 Minuten das Wasser dazugeben und weitere 20 Minuten bei etwas höherer Hitze garkochen – dabei immer wieder verrühren. Zum Schluss die Basilikumblätter waschen, kleinschneiden, Oliven entkernen, halbieren und alles mit dem Reis vermischen. Nach 1 Minute Kochen dann heiß servieren.

Reis mit Bohnen und Mais

Zutaten

100 g Reis und 100 g Mais
100 g Kidney Bohnen
1 kleine, rote Zwiebel
1 Knoblauchzehe
2 Esslöffel Olivenöl
300 ml Gemüsebrühe
150 ml passierte Tomaten
1 Teelöffel Koriander
½ Teelöffel Kreuzkümmel
Salz, Pfeffer

Zubereitung

Zwiebel schälen, Knoblauch pressen und beides kleinhacken. Diese in der Pfanne mit Olivenöl glasig dünsten. Reis waschen, abtropfen lassen und in die Pfanne geben. Mit Kreuzkümmel, Koriander und Pfeffer würzen und verrühren. Nun Gemüsebrühe und die passierten Tomaten eingießen und noch einmal alles gut verrühren. Den Deckel des Topfes auflegen und solange kochen, bis der Reis fast gargekocht ist. Zwischendurch immer wieder rühren, anschließend Bohnen und Mais dazugeben und weiterkochen bis alles gar ist.

Low-Carb-Reis aus Blumenkohl

Zutaten

½ Blumenkohl
100 g Karotten
5 Kirschtomaten
Ca. 70 g gefrorene Erbsen
80 g Mais
1 Esslöffel Kokosöl
1 Schuss Limettensaft
½ Teelöffel Bohnenkraut
Salz, Pfeffer, Paprika (edelsüß)

Zubereitung

Blumenkohl waschen, abtropfen lassen, vom Strunk befreien, aufteilen in kleinere Röschen und zur Seite legen. Kirschtomaten waschen und halbieren. Karotten schälen und in kleine Würfel schneiden. In einer Pfanne Olivenöl erhitzen, Karotten, Mais und Erbsen hineingeben und dünsten. Währenddessen den Blumenkohl in einen Mixer geben und so klein wie Reiskörner mixen. Den Blumenkohl, die Tomaten und Gewürze mit dem Limettensaft in die Pfanne geben und gut vermischen. Die Pfanne abdecken und etwa 8 Minuten kochen bis die Zutaten gar werden.

Reis mit Spinat

Zutaten

120 g Rundkornreis
250 ml Gemüsebrühe
400 g Spinatblätter
2 Zwiebeln
2 mittelgroße Tomaten
1 rote Paprikaschote
½ Bund Dill
Salz, Pfeffer
½ Zitrone
4 Esslöffel Olivenöl

Zubereitung

Den Reis waschen und mit der Gemüsebrühe in einem Topf kochen. Währenddessen die Spinatblätter (ohne Stiele) waschen. Tomaten und Paprika waschen, und in Streifen schneiden. Zwiebeln schälen und in feine Stücke hacken. In einer Pfanne mit 3 Esslöffel Olivenöl Zwiebeln glasig braten und anschließend Tomaten, Paprika, gewaschenen Dill und Spinat hineingeben. Mit Salz und Pfeffer abschmecken. Ein paar Minuten weiterdünsten und dann den gargekochten Reis darüber geben. Die Mischung etwa 15 – 20 Minuten bei mittlerer Hitze weiterkochen. Derweil in einer kleinen Schüssel die halbe Zitrone auspressen und mit dem Rest Olivenöl vermischen. Zum Schluss den Reis mit Spinat servieren und beträufeln mit dem Zitronensaft-Olivenöl.

Reis mit Brokkoli und Hähnchen

Zutaten

100 g Basmatireis
1 Hähnchenbrust
½ rote Zwiebel
½ Brokkoli
½ Knoblauchzehe
½ Teelöffel Speisestärke
1 Karotte und 50 g Erbsen
1 Esslöffel Olivenöl
100 ml Gemüsebrühe
1 Esslöffel Sojasoße
Salz, Pfeffer

Zubereitung

Den Reis in salzigem Wasser garkochen. Hähnchenbrust in Streifen schneiden, in eine Schüssel geben und darin mit Speistärke bedecken. Knoblauchzehe schälen, in feine Stückchen zerhacken und diese mit dem halben Esslöffel Sojasoße in die Schüssel geben. Gut mit den Hähnchen vermischen. Brokkoli waschen, abtropfen lassen, Röschen vom Strunk trennen und halbieren. Die halbe Zwiebel schälen und kleinschneiden. Oliven in der Pfanne erhitzen, die vorbereiteten Hähnchen durchbraten und aus der Pfanne rausnehmen. In die noch ölige Pfanne Zwiebel, Brokkoli, Gemüsebrühe und noch einen Schuss Sojasoße geben und unter Rühren gar dünsten. Hähnchenstreifen sowie Reis dazugeben, verrühren und nach 1 Minute servieren.

Reis-Salat mit Kabeljau

Zutaten

100 g Reis
300 ml Wasser
300 g gekochter Kabeljau, ohne Gräten
1 Zwiebel
2 Esslöffel Mais aus der Dose
½ Sellerie
½ Apfel
100 g Feta aus pasteurisierter Milch
4 Esslöffel Olivenöl
2 Esslöffel Apfelessig
Salz, Pfeffer
1 Prise Zucker sowie 1 Prise Currypulver

Zubereitung

Reis in einem Topf mit Salzwasser garkochen. Kabeljau auseinandernehmen. Apfel schälen, Kerne entfernen und in kleine Stücke schneiden. Zwiebel schälen und zerhacken. Fetakäse und Sellerie in kleine Würfel schneiden, alle Zutaten mit dem Reis zusammen auf einen Salatteller geben und anschließend die Soße vorbereiten: Olivenöl, Apfelessig, Salz, Pfeffer und Currypulver gut in einer kleinen Schüssel vermischen. Die Soße zum Schluss mit dem Salat verrühren, kurz ziehen lassen und servieren.

Einfacher Bulgur mit Tomaten und Pilzen

Zutaten

150 g Bulgur
1 feste Tomate
100 g frische Champignons
½ Esslöffel frisch gehackte Minze
½ grüne Paprikaschote
220 ml Gemüsebrühe
½ Zwiebel
6 schwarze Oliven
Salz, Pfeffer
2 Esslöffel Olivenöl

Zubereitung

Zwiebel schälen und in Scheiben schneiden. Olivenöl in einer großen Pfanne erhitzen und die Zwiebeln glasig dünsten. Paprika waschen, kleinschneiden, in die Pfanne geben und nach etwa 3 Minuten auch den Bulgur hinzufügen. Unter häufigem Rühren etwa 5 Minuten garkochen. Tomate waschen, in kleine Stücke schneiden und mit der Gemüsebrühe, Salz und Pfeffer in die Pfanne einrühren. 20 Minuten köcheln lassen. Währenddessen in einer weiteren Pfanne mit etwas Olivenöl die Champignons durchbraten. Oliven entkernen, halbieren und mit den gar gebratenen Champignons zum Bulgur unterheben. Nach weiteren 2 Minuten Kochen vom Herd nehmen und servieren mit der frisch gehackten Minze. Optional mit Joghurt genießen.

Hauptmahlzeiten

Kartoffelgerichte

Risotto mit Süßkartoffel und Zucchini

Zutaten

80 g Risotto-Reis
220 ml Gemüsebrühe
1 Zucchini
½ Brokkoli
1 Süßkartoffel
1 Zwiebel
1 Esslöffel Rapsöl
Jodiertes Meersalz
Pfeffer

Zubereitung

Zucchini, Süßkartoffel, Zwiebel und Brokkoli kleinschneiden. Das geschnittene Gemüse in Öl für 2 Minuten dünsten, dann den Reis zufügen und mit der Brühe ablöschen. Für 15 Minuten köcheln lassen und mit Salz und Pfeffer würzen.

Pastinaken-Kartoffelgratin

Zutaten

300 g Kartoffeln
1 Knoblauchzehe
1 Zwiebel
175 ml Sahne
1 Pastinake
Muskatnuss
Parmesan am Stück
Pfeffer
Salz

Zubereitung

Schneide die Pastinake und die Kartoffeln in feine Scheiben und lege damit deine Auflaufform aus. Hacke die Zwiebel und den Knoblauch klein und gib die Sahne, Salz, Pfeffer und Muskat dazu. Schütte die Sahne-Sauce in die Form und gib alles für 40 Minuten bei 200 Grad in den Ofen. Kurz vor Ablauf der Zeit etwas Käse ohne Rinde über das Gratin reifen und schmelzen lassen.

Pellkartoffeln mit Eier-Senf-Sauce

Zutaten

1 Zwiebel
25 g Frischkäse
150 g Naturjoghurt
1 Esslöffel Senf
1 Ei
250 g Kartoffeln
½ Zitrone
Frischer Schnittlauch
Frischer Dill
Salz, Pfeffer

Zubereitung

Das Ei hart kochen und anschließend die Schale entfernen. Wasch die Kräuter und hacke sie mit der Zwiebel ganz fein. Vermenge den Joghurt mit dem Frischkäse, den Kräutern und den Zwiebeln. Die Sauce mit dem Saft der Zitrone, Senf, Pfeffer und Salz abschmecken. Zum Schluss das Ei kleinschneiden, unter die Sauce heben und ziehen lassen. In der Zwischenzeit die Kartoffeln für 20 Minuten in Salzwasser garen, die Schale abziehen und zur Sauce servieren.

Knusprige Kartoffel-Ecken mit Hähnchen

Zutaten

400 g Kartoffeln
1 Zwiebel
125 g Kirschtomaten
25 g Sauerampfer
2 Hähnchenfilets
Olivenöl
Pfeffer
Salz

Zubereitung

Zunächst Kartoffeln schälen und für 20 Minuten kochen. Währenddessen die Zwiebel würfeln, die Tomaten halbieren und den Sauerampfer kleinschneiden. Die Hähnchenfilets würzen und in Öl gut durchbraten. Die fertigen Kartoffeln in Streifen schneiden und zusammen mit den Zwiebeln ebenfalls knusprig braten. Zum Schluss die Tomaten und den Sauerampfer hinzugeben, abschmecken und zum Hähnchen servieren.

Rührei mit Feta und Kartoffeln

Zutaten

4 Eier
1 Feta (pasteurisiert)
200 g Kartoffeln
Petersilie
Pfeffer
Salz

Zubereitung

Kartoffeln schälen, kleinschneiden und in Salzwasser etwa 15 Minuten köcheln lassen. Den Feta zerbröseln und mit den Eiern, der Petersilie und den gegarten Kartoffeln vermengen. Nachdem du mit Salz und Pfeffer gewürzt hast, alles in eine Pfanne geben und anbraten. Wenn das Ei gestockt ist, auf einen Teller geben und servieren.

Leichter Kartoffelsalat

Zutaten

500 g festkochende Kartoffeln
1 Prise Salz
1 Frühlingszwiebel
125 ml Gemüsebrühe
1 Teelöffel Olivenöl
Schnittlauch
Pfeffer

Zubereitung

Die Kartoffeln schälen und in gesalzenem Wasser bissfest kochen. Anschließend in Scheiben schneiden und zusammen mit der Gemüsebrühe, Öl, Schnittlauch und der Frühlingszwiebel in eine Salatschüssel geben. Zum Schluss mit Salz und Pfeffer abschmecken und für mehrere Stunden ziehen lassen.

Süßkartoffel-Pfännchen

Zutaten

300 g Süßkartoffeln
500 ml Gemüsebrühe
100 g grüne Bohnen
100 g Grünkohl
1 Esslöffeln Zitronensaft
Pfeffer
Jodsalz
1 Esslöffel Tahin

Zubereitung

Beginne damit, die Süßkartoffeln zu schälen und in kleine Stücke zu schneiden. Dünste sie kurz in der Pfanne an und lösche sie mit der Gemüsebrühe ab, bevor du sie 10 Minuten köcheln lässt. In der Zeit kannst du den Grünkohl in dünne Streifen schneiden und ihn zusammen mit den Bohnen zu den Kartoffeln geben. Für weitere 10 Minuten auf mittlerer Hitze köcheln lassen und abschließend mit Pfeffer, Salz, Tahin, und Zitronensaft abschmecken.

Süßkartoffel-Curry

Zutaten

400 g Süßkartoffeln
125 g Karotten
1 Zwiebel
1 Knoblauchzehe
1 Esslöffel Rapsöl
1 Esslöffel Tomatenmark
1 Teelöffel rote Currypaste
125 ml Gemüsebrühe
200 g Kirschtomaten
½ Teelöffel Paprikapulver
Frische Petersilie
Salz, Pfeffer

Zubereitung

Nimm die Karotten, Süßkartoffeln und die Zwiebeln und schneide sie in kleine Stücke. Knoblauch ebenfalls zerkleinern und alles gemeinsam in eine Pfanne geben. Kurz in Öl andünsten, dann etwas Tomatenmark und Currypaste dazugeben. Im nächsten Schritt mit Gemüsebrühe ablöschen und würzen. Füge die halbierten Tomaten hinzu und lass alles für 20 Minuten bei mittlerer Hitze kochen. Wenn du möchtest, kannst du das Curry mit Reis oder Couscous servieren.

Kartoffelgemüse

Zutaten

600 g Kartoffeln
150 ml Fleischbrühe
1 Zwiebel
1 Eigelb
1 Tomate
½ Bund Basilikum

2 Esslöffel Milch
½ Teelöffel Muskatnuss
1 Esslöffel Olivenöl
3 Esslöffel Sahne
½ Esslöffel Mehl
Salz, Pfeffer

Zubereitung

Das Gemüse sowie Petersilie zunächst gründlich waschen. Kartoffeln schälen, in Scheiben schneiden und in einem Topf mit der Fleischbrühe, Milch und Muskatnuss köcheln. Zwiebeln schälen und kleinschneiden. Die Petersilie kleinhacken. In einer Pfanne Olivenöl mit Mehl goldgelb anrösten. Kartoffeln mit der Brühe in die Pfanne geben und etwas verrühren. Die Sahne in einer kleinen Schüssel mit dem Eigelb, abgeschmeckt mit etwas Salz und Pfeffer, verquirlen, in die Pfanne geben und ein paar Minuten weiterkochen. Zum Schluss garniert mit Petersilie servieren.

Kartoffelklößchen

Zutaten

250 g Kartoffeln
½ Brötchen
1 Teelöffel Salz
2 Esslöffel Mehl
50 g Grieß
1 Ei
½ Esslöffel Olivenöl

Zubereitung

Kartoffeln kochen, schälen, kurz ausdampfen lassen und dann mit einer Kartoffelpresse zerstampfen. Das Püree mit Mehl, Grieß, Salz und Ei vermischen, bis die Mischung fest und nicht mehr klebrig ist. Das halbe Brötchen in kleine Würfel schneiden, das Öl in der Pfanne erhitzen und die Brotwürfel darin anrösten. Aus dem Kartoffelteig Klöße formen. In jedes Klößchen jeweils ein Brotwürfel hineingeben und diese wieder rundformen. Anschließend alle Klöße in einen Topf mit kochendem Salzwasser geben und bei mittlerer Hitze eine viertel Stunde garkochen.

Kartoffel-Spinat-Gnocchi

Zutaten

150 g Kartoffeln
100 g frischer Spinat
60 g Mehl
½ Zwiebel
1 Eigelb
150 g passierte Tomaten
½ Knoblauchzehe
½ Teelöffel brauner Zucker
2 Esslöffel Olivenöl
Salz, Pfeffer

Zubereitung

Kartoffeln schälen, würfeln und in kochendem Salzwasser gut durchkochen. In der Zeit den Spinat waschen und in einem anderen Topf kurz blanchieren, den Spinat abgießen und kleinhacken. Nun die Kartoffeln mit einer Kartoffelpresse zu Püree stampfen, mit Spinat, Eigelb, Mehl und 1 Esslöffel Olivenöl gut vermischen und kneten, bis daraus ein fester Teig geworden ist. Das Püree etwas ausbreiten, mit Salz und Pfeffer würzen und 2 – 3 cm kleine Kugel formen. Diese dann in einem Topf mit kochendem Wasser 5 bis 7 Minuten garkochen. Wenn die Gnocchi an die Oberfläche steigen, vom Herd nehmen und auf einen Teller legen. In einem weiteren Topf 1 Esslöffel Öl, Zwiebel, Knoblauch, Tomaten und Zucker etwa 12 Minuten kochen. Zum Schluss die Gnocchi mit der Soße servieren.

Hähnchen-Kartoffel-Auflauf

Zutaten

500 g Kartoffeln
250 g Hähnchenfleisch, zerhackt
½ große Zwiebel, 1 Möhre
1 Esslöffel Mehl, 2 Esslöffel Milch
½ Esslöffel Tomatenmark
Emmentaler-Käse
150 g Hühnerbrühe
4 Esslöffel Olivenöl
Erbsen, gekocht (aus der Dose oder schon vorbereitet)
Salz, Pfeffer

Zubereitung

Kartoffeln schälen, in Stücke schneiden und in Salzwasser weichkochen. Anschließend mit 2 EL Olivenöl und Milch pürieren. Dann die Karotten und Zwiebel schälen und kleinhacken. In einer Pfanne mit Olivenöl das zerhackte Hähnchenfleisch mit den Zwiebeln ca. 6 Minuten anbraten und mehrmals rühren. Mehl dazugeben und ein paar Minuten weiterrühren. Salz, Pfeffer, Erbsen, Tomatenmark und die Hühnerbrühe hinzugeben und alles etwa eine Viertelstunde kochen lassen. Die Mischung in eine kleinere Auflauf-Form geben, Kartoffelpüree oben auf der Hähnchenmischung schichten, Emmentaler-Käse reiben und über dem Püree verteilen. Zum Schluss im vorgeheizten Ofen bei 200 Grad backen, bis der Käse goldbraun wird.

Kartoffel-Teigrollen

Zutaten

120 g Kartoffeln
4 Yufka Teigblätter
½ Bund Petersilie
½ Knoblauchzehe
100 g Rinderhack
½ Möhre
10 g Butter
2 Esslöffel Rapsöl
1 verquirltes Ei
Salz, Pfeffer, Paprikagewürz

Zubereitung

Kartoffeln schälen, zerstückeln und garkochen (nicht mehlig). Die Möhre sowie Knoblauchzehe kleinhacken. Rinderhack mit 2 Esslöffel Rapsöl, Knoblauch Salz und Paprika in der Pfanne gut durchbraten. Kartoffeln, Karotten, Rinderhack, Salz und Pfeffer vermischen. Bestreue den Tisch mit Mehl und bereite die Yufka-Teigblätter aus. Falls die Teigblätter zu groß sein sollten, einfach zurechtschneiden. Die Kartoffel-Füllung auf die 4 Teigblätter verteilen, jeweils ein kleines Stück Butter dazugeben und die Ränder mit etwas Ei pinseln. Nun die Ränder zur Mitte falten und einrollen. Die Teigrollen auf ein gefettetes Backblech legen und mit dem Ei bestreichen. Anschließend ca. 35 Minuten bei 180 Grad backen, bis der Teig eine goldbraune Farbe angenommen hat. Am besten gleich warm servieren.

Kartoffeln mit Avocadocreme

Zutaten

2 große Kartoffeln
1 Avocado
½ Teelöffel Kümmel
1 Tomate
1 Teelöffel Zitronensaft
½ Knoblauchzehe
Salz, Pfeffer, Paprikagewürz (rosenscharf)
Butter

Zubereitung

Den Backofen zunächst einmal vorheizen und in der Zwischenzeit die Zutaten vorbereiten: Kartoffeln gründlich waschen. 2 Teile Alufolie ausbreiten, mit etwas weicher Butter bestreichen, Kartoffeln auf die Folien legen, vollständig abdecken und Backofen bei 200 Grad etwa 45 Minuten backen. Währenddessen die Avocado entkernen, die Schale entfernen und in einer Schüssel mit dem Zitronensaft, Salz, Pfeffer und Paprika zu einem Brei vermischen. Nun die halbe Knoblauchzehe zerdrücken und kleinhacken. Die Tomate kurz kochen, damit du die Haut leicht abziehen kannst, kleinschneiden und ebenfalls mit der Avocadocreme verrühren. Zum Schluss die Kartoffeln oben etwas einschneiden, mit zwei Gabeln ein wenig öffnen und jeweils eine Hälfte der Avocadocreme hineingeben.

Süßkartoffel-Pommes

Zutaten

2 Süßkartoffeln
3 Esslöffel Oliven
Ca. 2 Esslöffel Speisestärke
Meersalz, Pfeffer, Paprikagewürz (edelsüß)

Zubereitung

Süßkartoffeln schälen und in Pommes-Streifen schneiden (bitte aufpassen, denn Süßkartoffeln sind hart und könnten beim Schneiden rutschen). Diese nun waschen, abtropfen lassen und in einen Plastikbeutel gefüllt mit der Speisestärke geben. Anschließend den Beutel verschließen und gut schütteln. In einer Schüssel Olivenöl und die Gewürze vermischen, die Pommes hineingeben und so jeden Pommes-Streifen mit dem Öl bedecken. Auf ein Backblech mit Backpapier die Pommes-Streifen mit etwas Abstand zueinander anordnen und bei 230 Grad etwa 15 – 20 Minuten backen.

Eintopf mit Kartoffeln und Erbsen

Zutaten

3 mittelgroße Kartoffeln
1 Zwiebel
200 g Weißkohl
80 g Erbsen
3 Kirschtomaten
½ Esslöffel Majoran-Gewürz
1 Esslöffel Olivenöl
Salz, Pfeffer und ½ Teelöffel Thymian
1 Esslöffel kleingehackter Schnittlauch
1 Esslöffel kleingehackte Petersilie

Zubereitung

Kartoffeln und Zwiebel schälen und in Scheiben schneiden. Die Weißkohlblätter waschen, abtropfen lassen und in Streifen schneiden. Olivenöl in einem Topf erhitzen, Kartoffeln, Zwiebeln und Weißkohl hineingeben und unter Rühren ein paar Minuten andünsten. Nun die restlichen Zutaten mit den Gewürzen abgeschmeckt dazugeben und etwa 20 Minuten garkochen.

Dessert

Veganer Pudding mit Erdnuss und Banane

Zutaten

1 Esslöffel Agavendicksaft
2 Esslöffel Erdnussbutter
2 Esslöffel Chia-Samen
125 ml Hafermilch
1 gefrorene Banane
2 Esslöffel Kakaopulver

Zubereitung

Vermenge die Milch mit den Chia-Samen, der Erdnussbutter und dem Agavendicksaft. Nach etwa 15 Minuten sollte der Pudding anfangen fest zu werden. Idealerweise bereitest du den Nachtisch bereits am Abend vor und lässt ihn über Nacht im Kühlschrank stehen. Für die Creme eine gefrorene Banane mit etwas Kakao in einen Mixer geben und pürieren, bis eine weiche Creme entsteht. Sollte dein Mixer Schwierigkeiten haben die Banane zu zerkleinern, füge etwas Milch hinzu. Die Creme auf dem Pudding anrichten und servieren.

Süße Apfel-Muffins mit Karotte

Zutaten

1 reife Banane
1 Apfel
8 Datteln
200 g. Karotten
250 ml Milch
100 g Kokosblütenzucker
100 g gemahlene. Mandeln
1 Handvoll Walnüsse
100 g Vollkornmehl.
100 g Haferflocken
1 Teelöffel Backpulver
1 Esslöffel Apfelessig

Zubereitung

Die Banane mit einer Gabel zerdrücken und den Apfel mit einer Reibe zerkleinern. Milch, Zucker und die Datteln in einem Mixer verrühren. Reibe die Karotten ebenfalls klein und gib sie in eine zweite Schale. Füge Mehl, Haferflocken, Backpulver und die Mandeln zu den Karotten hinzu und verrühre alles zu einer homogenen Masse. Zum Schluss die Walnüsse kleinhacken und unterheben. Jetzt beide Schüsseln zu einem Teig mixen und in Muffinförmchen geben. Stelle die Muffins für 30 Minuten bei 175 Grad in den Ofen und lasse sie anschließend etwas abkühlen, bevor du sie servierst.

Erdnuss-Schoko Eis

Zutaten

500 g Milch
130 g Erdnussbutter
100 g Zucker
1 Prise Salz
Schokoraspeln

Zubereitung

Erhitze die Erdnussbutter und die Milch in einem Topf bis alles gut verrührt ist. Gib die restlichen Zutaten in eine Schüssel und vermenge anschließend alles mit der etwas abgekühlten Erdnuss-Creme. Wenn du eine Eismaschine besitzt, verarbeite die Creme darin zu Eis. Alternativ stelle die Masse für eine Stunde in den Gefrierschrank, bis sie leicht gefroren ist. Rühre sie mit einem Schneebesen gut durch. Wiederhole diesen Schritt alle halbe Stunde, bis du die gewünschte Konsistenz erreicht hast.

Kokos-Beeren Eiscreme

Zutaten

300 g gefrorene Beerenmischung
1 Esslöffel Kokosblütenzucker
100 ml Kokosmilch
2 Esslöffel Kokosflocken
1 Vanilleschote

Zubereitung

Beeren, Kokosmilch, Kokosflocken, Zucker und das Mark der Vanilleschote in einen Mixer geben und pürieren bis eine cremige Masse entsteht. Die Konsistenz kannst du mit etwas mehr gefrorenen Beeren oder einem Schuss Milch variieren. Fülle dein Eis in eine Schale und serviere es mit ein paar Beeren obendrauf.

Bananen-Eis aus nur zwei Zutaten

Zutaten

3 gefrorene Bananen
50 ml Milch

Zubereitung

Lasse die Bananen kurz antauen, bevor du sie in einen Mixer gibst. Füge die Milch hinzu und püriere so lange, bis die gewünschte Konsistenz erreicht ist. Wenn du möchtest kann du noch etwas Kakaopulver, Vanille, Schokoraspeln, oder Beeren dazugeben.

Frischer Wassermelonen-Smoothie

Zutaten

½ Wassermelone
1 Esslöffel Zitrone
1 Esslöffel Agavendicksaft
10 g Kokosraspeln
100 ml Kokoswasser
Minze

Zubereitung

Das Fruchtfleisch der Melone aus der Schale lösen und in einen Mixer geben. Füge die restlichen Zutaten bis auf die Minze hinzu und püriere alles zu einer homogenen Masse. Den Smoothie in ein Glas füllen, mit frischer Minze und ein paar Kokosflocken anrichten und servieren.

Erdbeeren im Schokoladen-Mantel

Zutaten

150 g Erdbeeren
50 g weiße Schokolade
50 g Zartbitterschokolade

Zubereitung

Wasche die Erdbeeren zuerst und entferne das Grün. Währenddessen die Schokolade getrennt voneinander im Wasserbad schmelzen. Du kannst die Erdbeeren nach Belieben in eine der beiden Schokoladen tunken und anschließend auf einem Teller trocknen lassen. Wenn du möchtest, kannst du die Erdbeeren mit einem Muster verzieren, indem du eine Gabel in die jeweils noch nicht verwendete Schokolade tauchst und sie damit beträufelst. Stelle den Teller für ein paar Stunden in den Kühlschrank und serviere die kühlen Erdbeeren anschließend.

Vanille-Milchreis

Zutaten

500 ml Milch
125 g Milchreis
2 Esslöffel Zucker
½ Vanilleschote

Zubereitung

Den Reis, die Milch und den Zucker zusammen in einen Topf geben. Das Mark der Vanilleschote hinzufügen und auf mittlerer Hitze für 30 Minuten köcheln lassen. Dabei immer wieder umrühren, damit die Milch nicht anbrennt. Den fertigen Milchreis auf einen Teller geben und nach Belieben mit Kirchen, Apfelmus, Obst und Zucker servieren.

Süßer Reis-Kuchen

Zutaten

500 ml Milch
125 g Reis
1 Prise Salz
30 g Pflanzenmargarine
1 Tüte Vanillezucker
30 g Zucker
2 Eier

Zubereitung

Gib alle Zutaten bis auf die Eier in einen Topf, gut umrühren und für 20 Minuten leicht köcheln lassen. Sobald der Reis gar ist, die Eier trennen und das Eigelb unter den Reis heben. Dann das Eiweiß steif schlagen und ebenfalls mit dem Reis vermengen. Den Teig in eine ofenfeste Form geben und für 45 Minuten bei 175 Grad im Ofen lassen. Wer möchte kann dazu noch Apfelmus und Zucker servieren.

Strawberry-Crumble

Zutaten

200 g frische Erdbeeren
2 Esslöffel Vollkornmehl
1 Esslöffel Haferflocken
1 Esslöffel Pflanzenmargarine
1 Esslöffel brauner Zucker
1 Esslöffel Joghurt

Zubereitung

Zunächst das Mehl mit der Margarine, dem braunen Zucker und den Haferflocken verkneten. Verteile anschließend die Erdbeeren in einer ofenfesten Form und gib die Streusel darüber. Stelle alles für 10-15 Minuten bei 180 Grad in den Ofen. Zum Schluss den Joghurt auf den Streuseln verteilen und servieren.

Vanille-Puddingbrot

Zutaten

2 Brotscheiben
480 ml Milch
1 Teelöffel Kokosblütenzucker
½ Vanilleschote
1 Ei

Zubereitung

Entferne die Rinde vom Brot und lege das Innere des Brotes in der Hälfte der Milch ein. Die restliche Milch mit dem Zucker in einem Topf erwärmen, bis sich der Zucker aufgelöst hat. Gib jetzt das aufgeschlagene Ei in die Milch und füge das Vanillemark hinzu. Als nächstes kommt das eingeweichte Brot ebenfalls in den Topf. Wenn der Pudding anfängt dick zu werden, für 15 Minuten mit geschlossenem Deckel ziehen lassen und anschließend servieren.

Bananen-Quark

Zutaten

500g Magerquark
1 Banane
1 Esslöffel Kakaopulver
1 Esslöffel Milch

Zubereitung

Für den Quark die Banane mit einem Mixer pürieren und in eine Schale geben. Füge den Quark, das Kakaopulver und die Milch hinzu und verrühre alles zu einer homogenen Masse. Wenn du möchtest kannst noch ein paar Nüsse oder Obst auf dem Quark verteilen, bevor du ihn servierst.

Frischkäse-Brownie-Kuchen

Zutaten

200 g Zartbitterschokolade
6 Eier
200 g Zucker
100 ml Rapsöl
160 g Mehl
30 g Kakaopulver
1 Teelöffel Backpulver
600 g Frischkäse

Zubereitung

Während du die Schokolade im Wasserbad auflöst, kannst du 3 Eier mit 120 g Zucker verrühren. Sobald die Schokolade geschmolzen ist gibst du sie ebenfalls dazu. Jetzt Kakaopulver, Backpulver, 50 ml Öl und das Mehl unterrühren und den Brownie-Teig in einer Backform verteilen. Nimm nun eine weitere Schüssel, in der du 80 g Zucker, den Frischkäse, die 3 Eier, sowie das restliche Öl verrührst. Verstreiche die Creme auf dem Brownie-Teig und stelle den Kuchen bei 175 Grad für etwa 35 Minuten in den Backofen.

Mandel-Schokokuchen

Zutaten

100 g Pflanzenmargarine
100 g dunkle Schokolade
2 Eier
70 g Kokosblütenzucker
2 Esslöffel Kakaopulver
1 Teelöffel Backpulver
100 g gemahlene Mandeln
1 Prise Salz

Zubereitung

Beginne damit, die Butter und die Schokolade im Wasserbad aufzulösen. Trenne die Eier und gib das Eigelb zusammen mit dem Zucker in eine Schüssel. Sobald die Schokolade geschmolzen ist, kannst du sie ebenfalls mit einer Prise Salz zufügen. Jetzt werden Kakao, Backpulver und die Mandeln vermischt und gemeinsam mit dem steifen Eiweiß untergehoben. Den fertigen Teig in eine Kuchenform füllen und bei 180 Grad für 30 Minuten backen.

Bunter Obstsalat

Zutaten

1 Pfirsich
2 Kiwis
1 Banane
250 g Erdbeeren
1 Orange
1 Apfel
½ Zitrone
200 ml Orangensaft

Zubereitung

Für den Obstsalat alle Früchte kleinschneiden und in eine große Schüssel geben. Presse anschließend den Saft der Zitrone aus und verteile ihn zusammen mit dem Orangensaft auf dem Obstsalat. Alles gut umrühren und für eine Stunde ziehen lassen, bevor du ihn servierst

Blaubeer-Quarkspeise

Zutaten

500 g Speisequark
250 g frische Blaubeeren
1 Esslöffel Honig
1 Esslöffel Zitronensaft
10 Amarettini

Zubereitung

Verrühre den Quark mit dem Honig und dem Zitronensaft und gib anschließend die Blaubeeren dazu. Fülle den Quark in eine Schüssel und stelle ihn für 2 Stunden in den Kühlschrank. Brösel die Amarettini über die Creme, bevor du sie servierst.

Smoothies

Blaubeer-Smoothie

Zutaten

1 Banane
1 Apfel
150 g gefrorene Blaubeeren
100 g Joghurt
80 ml Wasser

Zubereitung

Das Obst waschen. Schneide den Apfel und die Banane grob klein und gib das Obst mit allen weiteren Zutaten in einen Mixer. Alternativ kannst du auch einen Pürierstab verwenden. Sollte dein Mixer Schwierigkeiten haben, lass die Blaubeeren ein paar Minuten antauen. Fülle den Smoothie in ein Glas und lass ihn dir schmecken.

Beeren-Smoothie mit Minze und Avocado

Zutaten

100 g gefrorene Beerenmischung
1 Avocado
2 Bananen
2 Esslöffel Zitronensaft
2 Esslöffel Ahornsirup
500 ml Wasser
Minze

Zubereitung

Für den Smoothie das Fruchtfleisch der Avocado in einen Mixer geben und die Bananen grob zerkleinern. Lasse die Beeren kurz antauen, bevor du sie zusammen mit den restlichen Zutaten ebenfalls in den Mixer gibst. Sobald du alles cremig püriert hast, den Smoothie in Gläser gießen und zusätzlich mit Minze anrichten.

Süßer Kürbis Smoothie

Zutaten

150 g Hokkaido Kürbis
100 g gemahlene Mandeln
5 Datteln
1 Liter Wasser
1 Teelöffel Vanilleextrakt
1 Teelöffel Muskatnuss

Zubereitung

Schneide den Kürbis in grobe Würfel und gib diese auf einem Backblech für etwa 30 Minuten in den Backofen. Wenn der Kürbis weich ist, kannst du ihn mit einer Gabel zerdrücken. Für die selbstgemachte Mandelmilch den Kürbis zusammen mit den restlichen Zutaten in einen Mixer geben und pürieren. Idealerweise benutzt du anschließend einen Nussmilchbeutel, durch den du die Flüssigkeit siebst. Alternativ eignet sich auch ein sauberes Baumwolltuch, um kleine Stückchen zu entfernen. Fülle die fertige Kürbis-Mandelmilch in eine Karaffe und genieße sie entweder pur oder als Latte in deinem Kaffee.

Grüner Kefir-Shake

Zutaten

1 Salatgurke
250 ml Kefir
Frischer Koriander
Pfeffer
Salz

Zubereitung

Schneide die Gurke in grobe Würfel und fülle sie in einen Mixer. Als nächstes den Koriander etwas zerkleinern und zusammen mit dem Kefir zu den Gurken geben. Sobald du alles zu einer gleichmäßigen Masse püriert hast, kannst du den Shake mit Pfeffer und Salz würzen und im Glas servieren.

Erfrischende Wassermelonen-Bowl

Zutaten

½ Wassermelone
200 ml Gemüsebrühe
½ Zitrone
3 Frühlingszwiebeln
1 Esslöffel Agavendicksaft
Pfeffer
Salz

Zubereitung

Die Wassermelone schälen und grob kleinschneiden. Gib die Gemüsebrühe mit dem Saft der Zitrone und der Wassermelone in einen Mixer oder püriere alles mit einem Stabmixer. Wenn keine Stücke mehr zu sehen sind, mit Salz und Pfeffer abschmecken und kaltstellen. Jetzt die Frühlingszwiebeln in Ringe schneiden und in einer Pfanne etwas andünsten. Im letzten Schritt den Zwiebeln mit dem Agavendicksaft Süße verleihen und ebenfalls kaltstellen. Richte die Melonen-Bowl in Gläsern an und verteile die Frühlingszwiebeln darauf.

Sellerie-Shake

Zutaten

1 Staudensellerie
125 ml Wasser
150 g Joghurt
2 Esslöffel Dill
1 Esslöffel Zitronensaft
Pfeffer
Jodsalz

Zubereitung

Schneide den Sellerie in kleine Stücke, die du anschließend im Mixer pürierst. Füge als nächstes Joghurt und Wasser hinzu und schmecke alles mit Zitronensaft, Kräutern, Salz und Pfeffer ab. Ideal geeignet ist der Shake bei Übelkeit, zusätzlich liefert er dir wertvolle Folsäure.

Müsli-Früchte-Mix

Zutaten

¼ Honigmelone
1 Banane
1 Teelöffel Leinsamen
2 Esslöffel Früchtemüsli-Mischung
200 ml Milch
1 Teelöffel Agavendicksaft

Zubereitung

Entferne Banane und Melone von der Schale und gib die Früchte in einen Mixer. Füge das Müsli, die Milch, den Agavendicksaft und die Leinsamen hinzu und püriere alles auf höchster Stufe. Gieße den fertigen Smoothie in ein Glas und verziere ihn mit etwas Müsli darüber.

Tropical-Smoothie

Zutaten

1 Mango
1 Banane
5 Orangen
150 ml Vollmilch

Zubereitung

Beginne damit, die Orangen auszupressen und den Saft in einen Mixer zu geben. Schneide anschließend die Banane klein und befreie die Mango von Kern und Schale. Füge die Milch zusammen mit dem Obst zum Orangensaft hinzu und püriere alles. Wenn du möchtest, kannst du den Smoothie mit ein paar Kokosflocken anrichten.

Spinat-Avocado-Smoothie

Zutaten

1 Avocado
60 g frischer Spinat
1 Banane
Frische Pfefferminze
1 Apfel
½ Zitrone
300 ml Kokoswasser

Zubereitung

Schneide den Apfel und die Banane in grobe Stücke, bevor du sie in einen Mixer gibst. Das Fruchtfleisch der Avocado zusammen mit den anderen Zutaten hinzugeben und auf höchster Stufe pürieren. Sobald eine gleichmäßige Creme entstanden ist, kannst du deinen Smoothie in einem Glas anrichten.

Grüner Smoothie mit Grünkohl

Zutaten

2 Bananen
125 g Grünkohl
½ Zitrone
20 g Walnüsse
20 g Leinsamen
300 ml Wasser
100 ml Apfelsaft

Zubereitung

Wasche den Grünkohl und entferne das Blattgrün vom Stängel. Gib die Bananen, den Saft der Zitrone und alle weiteren Zutaten mit dem Grünkohl in einen Hochleistungsmixer. Wenn der Smoothie keine Stückchen mehr enthält, kannst du ihn entweder mit einem Röhrchen im Glas oder zum Löffeln in einer kleinen Schale servieren. Der Shake versorgt dich und dein Kind mit einer ordentlichen Portion an gesunden Fetten, Antioxidantien und Folsäure.

Sommerlicher Smoothie mit Mango und Erdbeere

Zutaten

125 g Mango
125 g Erdbeeren
3 Esslöffel Joghurt
1 Esslöffel
Zitronensaft
1-2 Datteln

Zubereitung

Entferne zunächst das Grün der Erdbeeren, sowie Schale und Kern der Mango. Jetzt kannst du das Obst zusammen mit dem Joghurt und der Zitrone in einen Mixer geben. Je nachdem wie süß dein Smoothie sein soll, kannst du die Anzahl der Datteln variieren. Alles gut pürieren und in einem Glas anrichten.

Frischer Eistee mit Minze

Zutaten

1 Liter Wasser
Frische Minzblätter
½ Zitrone
1 Esslöffel Agavendicksaft
Eiswürfel

Zubereitung

Zunächst das Wasser zum Kochen bringen und damit die Minze übergießen. Den Tee für mindestens 30 Minuten ziehen lassen und anschließend den Agavendicksaft unterrühren und im Kühlschrank abkühlen lassen. Gebe ein paar Eiswürfel in dein Glas und fülle es mit dem Eistee auf. Wenn du möchtest kannst du alles mit weiteren Minzblättern dekorieren und servieren.

Grapefruit-Smoothie

Zutaten

2 rötliche Grapefruits
1 ½ Esslöffel Haferflocken
60 g Erdbeeren
1 Banane
150 g Joghurt aus pasteurisierter Milch
2 Teelöffel Zitronensaft
Honig

Zubereitung

Grapefruits schälen bis zum Fruchtfleisch, auseinandernehmen, entkernen und die Säfte dabei möglichst mit auffangen. Bananen schälen und in Stücke schneiden. Erdbeeren gründlich waschen und von den Blättchen befreien. Alle Zutaten in einen Mixer geben und gut durchmixen. Bei Bedarf ein wenig Wasser hinzufügen und anschließend servieren.

Power-Smoothie mit Granatapfel und Blaubeeren

Zutaten

1 Granatapfel
240 g tiefgekühlte Blaubeeren
5 entkernte weiche Datteln
200 ml Milch
100 g Joghurt aus pasteurisierter Milch
4 Minzblätter + 2 zum Garnieren

Zubereitung

Granatapfel vierteln und Kerne herausnehmen. Die Granatapfel-Kerne in den Mixer geben, durchmixen und anschließend mit einem Sieb den Saft von den harten Kernen trennen. Den Saft wieder in den Mixer geben, alle anderen Zutaten hinzufügen und durchmixen. Zum Schluss mit Minzblättern garniert servieren.

Sonnig gelber Melonen-Smoothie

Zutaten

1 Honigmelone
1 Glas Orangensaft
2 Kiwis aus biologischem Anbau
½ Zitrone
Honig

Zubereitung

Honigmelone schneiden, von den Kernen befreien und kleinschneiden. Die Kiwis gründlich waschen, Strunk entfernen und ungeschält vierteln (die Schale enthält wichtige Nährstoffe und Ballaststoffe). Alle Zutaten in einen Mixer geben, nach Geschmack mit Honig abschmecken und gut durchmixen. Wenn du den Smoothie kühler haben möchtest, mit ein oder zwei Eiswürfel im Glas eingießen oder direkt im Mixer mixen.

Der bunte Smoothie mit Eis

Zutaten

1 Mango
½ Orange
120 ml Milch
Honig
½ Zitrone
100 g Vanille-Eis

Zubereitung

Mango schälen, vom Kern entfernen und in Stücke schneiden. Orange ebenfalls schälen, auseinandernehmen und die Kerne entfernen. Nun die Mango, Orange, Milch, Honig und den Saft aus der Zitrone in den Mixer geben und alles mixen. Den Smoothie in ein Glas gießen, das Eis hineingeben und servieren.

Leichte Zwischenmahlzeiten

Gefüllter Blätterteig

Zutaten

1 Packung fertiger Blätterteig
Frischer Blattspinat
1 Esslöffel Olivenöl
1 Zwiebel
1 Feta (pasteurisiert)
Pfeffer
Salz

Zubereitung

Beginne damit, die Zwiebel zu würfeln und in etwas Olivenöl kurz anzubraten. Füge anschließend 4 Handvoll Spinat hinzu und lasse ihn leicht zusammenfallen. Den Feta zerbröseln, mit in die Pfanne geben und zum Schluss mit Pfeffer und Salz würzen. Rolle den Blätterteig aus und teile ihn in 12 gleichgroße Stücke. Platziere je einen Löffel von der Füllung in der Mitte und verschließe die Teigtaschen zu kleinen Dreiecken.

Backe den Blätterteig für 20 Minuten bei 175 Grad und lasse ihn anschließend etwas abkühlen, bevor du ihn servierst.

Crunchy-Müsli mit Nüssen

Zutaten

50 g zarte Haferflocken
2 Esslöffel Walnüsse
1 Esslöffel Mandeln
1 Esslöffel Paranüsse
3 Esslöffel Agavendicksaft
6 Esslöffel Naturjoghurt
Obst deiner Wahl

Zubereitung

Gib die zerkleinerten Nüsse zusammen mit den Haferflocken in eine Schale. Als nächstes den Agavendicksaft in einer Pfanne erwärmen und das Müsli darin wenden. Fülle die Mischung in eine ofenfeste Form und lasse es für etwa 20 Minuten bei 120 Grad im Ofen knusprig werden. Nach 10 Minuten solltest du das Müsli einmal wenden, um es von allen Seiten zu rösten. Sobald alles abgekühlt ist, kannst du das Müsli mit Obst und Joghurt anrichten.

Kokos-Milchreis

Zutaten

100 g Milchreis
400 ml Kokosmilch
50 g Kokosflocken
1 Banane
Beeren deiner Wahl

Zubereitung

Koche den Reis zusammen mit der Kokosmilch in einem Topf auf. Reduziere die Hitze und rühre immer wieder um, damit nichts anbrennt. Sobald der Milchreis weich ist, kannst du deine Kokosflocken dazugeben. Fülle den fertigen Reis in eine Schüssel und verteile ein paar Beeren und eine in Scheiben geschnittene Banane darüber. Sollte der Milchreis noch zu flüssig sein, kannst du Kokosflocken verwenden, die die Milch aufsaugen.

Herzhafte Gemüse-Pizza-Taschen

Zutaten

100 g gefrorene Erbsen
100 g gekochte Kartoffeln
1 Teelöffel Currypulver
2 Esslöffel Rapsöl
100 ml Gemüsebrühe
1 Pizzateig
Pfeffer
Salz

Zubereitung

Zuerst die Kartoffeln schälen, würfeln und in einer Pfanne anbraten. Füge die Erbsen hinzu und lass das Gemüse für 15 Minuten in der Gemüsebrühe köcheln. Jetzt mit Currypulver, Salz und Pfeffer abschmecken und zur Seite stellen. Rolle den Teig aus und steche etwa 12 cm große Kreise aus. Auf jedem platzierst du ein Esslöffel des Gemüses, dann klappst du sie in der Hälfte zusammen und verschließt sie. Lege die Teig-Taschen auf ein Backblech und gib es für etwa 20 Minuten bei 175 Grad in den Ofen.

Orangen-Quark mit Trockenobst

Zutaten

1 Orange
100 g gemischtes Trockenobst
1 Esslöffel gehackte Mandeln
250 g Magerquark
2 Esslöffel Wasser

Zubereitung

Presse den Saft der Orange aus und fülle ihn in eine Schale. Das Obst kleinschneiden und für ein paar Minuten im Orangesaft einweichen lassen. Vermenge anschließend den Quark mit dem Wasser und hebe die Früchte unter. Vor dem Servieren ein paar Mandeln darüber streuen und fertig ist dein eiweißhaltiger Snack für Zwischendurch.

Blaubeer-Porridge

Zutaten

400 ml Haferdrink
100 g Haferflocken
1 Teelöffel Agavendicksaft
60 g Heidelbeeren
4 Esslöffel gehackte Mandeln
2 Esslöffel Amaranth
2 Esslöffel Erdnussmus

Zubereitung

Fülle die Haferflocken und die Milch zusammen mit dem Agavendicksaft in einen Topf und lass das Porridge kurz aufkochen. Nach 5 Minuten auf kleiner Flamme kannst du den Herd ausschalten. Gib die Haferflocken in eine Schale und verteile Blaubeeren, Mandeln, das Erdnussmus und den Amaranth darüber.

Bunter Obstmix

Zutaten

½ Mango
25 g Trauben
1 Orange
½ Apfel
½ Banane
50 g Himbeeren
½ Zitrone
1 Teelöffel Honig

Zubereitung

Zunächst das Obst in mundgerechte Stücke schneiden und in eine Schüssel geben. Presse den Saft der Zitrone aus und mische ihn mit dem Honig unter die Früchte. Am besten lässt du den Obstsalat für eine Stunde durchziehen, bevor du ihn servierst.

Guacamole mit Tomaten-Stückchen

Zutaten

1 Avocado
½ Zwiebel
1 Tomate
1 Esslöffel Zitronensaft
Salz
Pfeffer

Zubereitung

Entferne Kern und Schale der Avocado und zerkleinere das Fruchtfleisch mit einer Gabel. Schneide die Zwiebel und die Tomate in feine Stücke und gebe beides zur Avocado dazu. Zum Schluss die Guacamole mit Pfeffer, Salz und Zitrone würzen und servieren.

Quark-Waffeln

Zutaten

200 g Magerquark
60 g gemahlene Mandeln
60 g Proteinpulver
4 Eier
1 Teelöffel Backpulver
Pflanzenmargarine

Zubereitung

Verrühre die Eier mit dem Quark in einer Schüssel und füge anschließend die Mandeln, das Backpulver und das Proteinpulver hinzu. Sobald dein Waffeleisen heiß genug ist musst du es mit etwas Margarine bestreichen, damit nichts kleben bleibt. Gebe jeweils zwei Esslöffel Teig hinein und warte, bis der Teig durchgebacken ist. Serviere die Waffeln mit Puderzucker, Marmelade oder frischem Obst.

Pita mit Feta

Zutaten

2 Pita-Brote
4 Salatblätter
150 g Feta (pasteurisiert)
100 g Kirschtomaten
1 Zwiebel
Olivenöl
Pfeffer
Jodsalz

Zubereitung

Halbiere die Pita-Brote und platziere je zwei Salatblätter auf dem unteren Brot. Jetzt den Feta in dünne Scheiben schneiden und mit Olivenöl, Pfeffer und Salz marinieren. Den Feta kurz ziehen lassen und in der Zwischenzeit die Zwiebel und die Tomaten in Ringe schneiden. Jetzt Feta, Zwiebeln und Tomaten auf dem Salat anrichten und mit dem Brotdeckel verschließen.

Rotkohl-Hähnchenbrust-Salat

Zutaten

250 g Rotkohl
1 Hähnchenbrustfilet
3 Walnuss-Kerne
1 ½ Esslöffel Apfelessig
½ Teelöffel Honig
½ Zitrone
1 Esslöffel Mais
½ Butter
Wasser
Salz, Pfeffer aus Mühle

Zubereitung

Vom Rotkohl die äußeren Blätter entfernen, etwa 250 g vom Rotkohl herausschneiden, waschen und in feine Streifen verarbeiten. In einem Topf Wasser mit Salz, etwas Essig und Rotkohl etwa 2 Minuten aufkochen und mit einem Sieb abgießen. In einer kleinen Schüssel Apfelessig, Zitronensaft aus der halben Zitrone, Salz, Pfeffer und Honig vermischen und auf den noch warmen Rotkohl gießen. Hähnchenbrustfilet kurz unter Wasser halten, mit Küchenpapier abtupfen und in einer Pfanne mit Butter von beiden Seiten gut durchbraten. Dann in Scheiben schneiden, mit Salz und Pfeffer bestreuen und mit dem Rotkohl und zerstückelten Walnüssen zusammen servieren.

Herzhafte Muffins aus Eiern und Käse

Zutaten

2 Eier
2 Käsewürfel, Gouda oder Feta aus pasteurisierter Milch
Geschmolzene Butter oder pflanzliches Öl
Ca. 1 Esslöffel rote Paprika in kleinen Stückchen
Ca. 1 Esslöffel Tomate in kleinen Stückchen
Salz, Pfeffer, Paprikagewürz (edelsüß)

Zubereitung

Die Muffin-Formen innen mit der geschmolzenen Butter oder Öl einpinseln. Die beiden Eier in jeweils eine Form schlagen. Nun die Käsewürfel mit den Paprika- und Tomatenstückchen in jede Form geben. Mit etwas Salz, Paprika und Pfeffer würzen, kurz verrühren und im Ofen bei 160 Grad Ober- und Unterhitze ca. 15 – 20 Minuten backen. Prüfe die Muffins bitte immer mal wieder, sodass sie nicht anbrennen. Nachdem du die Muffins aus dem Ofen genommen hast, kurz abkühlen lassen und mithilfe eines Teigschabers von den Formen lösen.

Schlusswort

Ich hoffe, dass du genauso viel Spaß und Appetit mit diesen Rezepten hast wie ich. Ich habe es während meiner Schwangerschaft, besonders in den letzten Monaten, genossen, auch mal Zeit nur für mich zu haben. So habe ich viele Morgen, Mittags- oder Abendstunden mit verschiedenen Zutaten experimentiert und herausgefunden, was mir schmeckt und was nicht. Oft kam es auch vor, dass mir bestimmte Gerichte, die ich vorher nicht so sehr mochte, plötzlich richtig gut gefallen haben. Daher an dieser Stelle mein Rat, auch mal Gerichte mit verschiedenen Zutaten auszuprobieren, die man vorher vielleicht gemieden hat. Ich jedenfalls habe so einige neue Rezepte kennenlernen dürfen, die ich heute nicht mehr missen möchte.

Einige Rezepte aus diesem Buch zähle ich sogar zu meinen Favoriten, wie zum Beispiel die gefüllten Weinblätter. Auf meiner letzten Reise nach Spanien habe von einer älteren Freundin ein Gericht mit Hähnchen gezeigt bekommen, das ich heute ebenfalls zu meinen Favoriten zähle und das mir jetzt gerade beim Verfassen des Schlusswortes eingefallen ist. Daher an dieser Stelle ein letztes Rezept für dich und deine Familie :)

Schneide 400 g Hähnchenbrust in etwas größere Scheiben, klopfe das Fleisch mit einem Fleischklopfer flach und würze sie mit einer Prise Salz und Pfeffer. Anschließend eine Zwiebel in kleine Stücke schneiden und in einer Pfanne mit 20 ml Olivenöl andünsten. Nun etwa 400 g geputzte Champignons in dünne Scheiben schneiden und zu den Zwiebeln in die Pfanne geben. Mit jeweils einer Prise Salz, schwarzem Pfeffer, Thymian und Basilikum würzen. Die Pilze dann solange unter Rühren braten, bis sie gargeworden sind. Jeweils 1 Esslöffel mit den Pilzen und Zwiebeln auf die Mitte der Hähnchenscheiben geben, die Hähnchen einrollen und in einer Auflaufform einreihen. Nun in einer Schüssel etwa 200 g Sahne, 150 g Kuhkäse, 1 Bund gewaschener Dill, 2 Eier und etwas Salz gut verrühren, in die Form geben und glatt streichen Etwa 100 g industriell und aus pasteurisierter Milch hergestellten Mozzarella in feine Streifen schneiden und auf die Sahne-Käse-Mischung verteilen. Bei 180 Grad im vorgeheizten Ofen etwa eine halbe Stunde backen und servieren. Guten Appetit!

Ich danke dir und wünsche dir viel Spaß beim Kochen!

Rechtliches

Impressum

Herausgeber:

Haci Hasan Karakurt
Mühlendamm 56
22087 Hamburg
Deutschland

Printed in Poland
by Amazon Fulfillment
Poland Sp. z o.o., Wrocław

88342678R00074